측정 불가능한 무게 가치

KB194925

측정 불가능한 무게 가치

신동재 수필집

도서출판 명성서림

책머리에

　초등학교 1학년 때 어느 봄날 등교 시간에 어머님에게 회초리를 맞았다. 담임 선생님이 청소비를 가져오라고 했는데 집에 쓰던 헌 빗자루라도 가지고 가라고 하시니 그럴 수는 없다고 떼를 쓰며 고집을 부리다가 혼이 난 기억이 엊그제 같다.

　어머님은 누에고치에서 명주실을 뽑았다. 화로 옆에 쪼그리고 앉아 얻어 먹었던 번데기 맛은 꿀맛이었다. 왜 베틀에서 명주 베를 짜고 뜨거운 불 앞에서 모시 베를 매실까? 손발이 잘 협응해 북에서 나온 날줄과 베틀에 감긴 씨줄을 엮어 명주 베를 짜실까? 베틀 밑에 앉아 쳐다 본 어린 내 눈에 어머님의 베 짜는 기술은 참 신기했다. 날을 세며 짠 베를 시장에 팔아 식량과 내가 신을 검정 고무신을 사 오셨다. 이런 고단한 삶은 한국전쟁이 가져다준 상흔傷痕이었다.

세월은 흘러 평생을 좌우 할 결정적인 순간이 왔다. 시골 고등학교를 입학할 것인가? 첫 번째, 판단은 옳았으나 입학금이 없어 외상으로 입학식에 참여해 고등학교 뱃지를 단 모자를 썼다. 67, 68년 한해는 논에 벼 한 포기를 심지 못했다. 돌도 삭힐 나이에 배가 고파 일 나간 어머님을 찾아 배가 터지게 저녁을 얻어 먹었다.

고3 때, 친구와 함께 무전여행을 떠나 두 끼를 굶고 어느 초가집에서 보리밥 한 그릇을 얻어 먹었는데, 평생 먹은 음식 중에서 가장 맛있는 음식이었다.

그로부터 몇 년 후, 나는 햇병아리 교사의 발걸음을 착실히 디뎌 나갔다. 보리밥을 차려 주었던 우리 또래의 곱상한 아가씨가 뇌리에 박혀 여자 이상형으로 굳혀져 갔다. 나에게도 그런 이상형의 아가씨와의 인연의 끈은 이어지기 시작했다. '피그말리온의 효과'처럼 아름다운 여인을 조각해 놓고 살아 있는 사람으로 변화하기를 마음속으로 염원하여 현실이 되었다는 신화처럼….

사랑하는 여인은 나와 결혼조건이 전혀 맞지 않아 일본으로 떠나려는 서류를 찾으러 읍내를 나왔다가 내 어머님을 만나 두 사람 인연의 동아줄은 묶이고 말았다.

그때부터 묶인 인연의 밧줄은 50년을 이어 4남매를 낳아 기르면서 월세와 상하 방, 단독주택, 임대아파트, 우여곡절 속에 버둥거리는 삶을 살다가 지금의 '사랑의 보금자리'를 얻었다. 지난 고난의 세월은 지금 행복한 삶의 고지를 정복하기 위한 밑거름이었다. 노후의 삶은 너무 만족하고 행복하다.

김수환 추기경은 사랑이 머리에서 가슴으로 내려 오는데 70년 걸렸다고 했지만, 끈질긴 인연의 끈들은 부족하고 보잘것없는 사람을 이 세상에 필요한 사람으로 만들어 준 분들께 감사하고 사랑의 마음이 생기기에 난 70년이 넘게 걸렸다.

지혜를 심어준 훌륭한 스승님들, 하느님 은총의 선물로 주신 귀하고 사랑스러운 내 자녀 4남매와 손녀들, 며느리들, 사위들과 처가의 형제자매들, 그 깊은 은혜와 한 없는 고마운 마음에 보답할 길이 없다.

칠흑 같은 어두운 바다에서 방향 잃은 돛단배에 등댓불처럼 내 삶의 앞길을 늘 밝혀 주고, 이끌어 무사고로 현 위치까지 도달하게 만든, 친구 같고, 누님 같고, 동생 같은 사랑하는 아내 박현숙에게 이 지면을 통해서나마 고마운 마음을 전한다. 교정과 인쇄를 흔쾌히 맡아준 '도서출판 명성서림' 박종래 대표에게도 감사드린다.

언제 하느님이 부르실지 모르지만 하느님이 주신 이 한 생명, '언제나 기뻐하며, 끊임없이 기도하고, 모든 일에 감사하며' 남은 생의 하루하루를 곱게 곱게 살아 가련다.

계묘년 설날 염주골에서

제2장
미완성의 초상화

제3장
마음 관리의 지혜

제4장
내 삶의 포석을 돌아보며

제6장
벚꽃처럼 화사한 모습

제1장

신앙의 씨앗

푸른 동해가에 푸른 민족이 살고 있다 태양같이 다시 솟는 영원한 불사신이다 고난을 박차고 일어서라 빛나는 내일이 증언하리라 산천 철겹 물결겹 아름답다 내 나라여 자유와 정의와 사랑 위에 오래 거라 내 역사여 가슴에 손 얹었고 비느 말씀이 겨레 잘살게 하옵소서 눈부신 해와 달과 이슬 눈서리 구름과 안개 별들과 저 울망출망한 산들과 강과 바다 너구도 화려한 천지 창조 창조의 거룩하고 신비한 뜻을 누가 감히 어길 것이라

무술년 새해 푸른 민족을 적다 편송 신동재

머리를 올리다

프로 골퍼 딸이 회사 골프대회에 참가하기 위해 집에 왔다. 자식들과 골프를 배우기로 약속했기에 딸은 시간을 내서 우리 부부를 싣고 실내골프연습장을 찾아 나선다. 제대로 배워야 한다며 집 주변의 시설 좋고 지도능력이 뛰어날 개인지도 코치를 연결해 준다. 거금을 들여 3개월간 레슨비를 계산하고, 개인지도 코치에게 우리를 당부했다. 열심히 배우고 익히기로 약속했다.

생전 처음 골프채를 잡고 휘둘러보지만 몸이 뻣뻣해 유연성이 떨어진다. 자꾸만 왼발이 땅에서 떨어지고 공을 치기 전에 허리가 펴진다. 지적해 고쳐 주어도 잘 안 된다. 금방 연습시간은 흘러간다. 7번 아이언 기본 채로 공을 때려본다. 제법 맞는다. 채를 바꿔 가며 진도가 나갔다. 머리가 고구마 같은 채가 어쩌다 제대로 맞으면 소리가 짱하고 경쾌하다. 드라이버는 머리가 커서 제법 잘 맞는 것 같다. 맞는 소리가 커서 금방이라도 홀인원을 할 것만 같다. 퍼팅은 매일 집에서 맹연습했다.

연습하는 사람이 없어 혼자 칠 때는 신나게 맘껏 휘둘러본다. 간섭하는 사람도 없고 잘 못 친다고 구박하거나 나무라는 사람이 없으니 신이 난다. 내 맘대로 치니 잘 쳐지는 것 같다. 이렇게 아내와 함께 하루 한 시간 정도 연습을 한지 두달을 넘기면서 부담 없이 행복했다.

봄철이 되니 아내는 친구들과 꽃놀이 외국 여행을 떠나고 다녀와서는 피곤하고 몸이 아프다며 연습에 게으름을 피웠다. '그래, 좋아. 나 혼자서라도 빼먹지 않고 연습하러 가겠어.' 나는 휴일에도 시간을 쪼개서 연습장을 찾아 땀을 훔치며 각오를 했다. 야릇한 미소를 지으며, '결석이 잦으면 기량에 차이가 날 터인데, 후회해도 소용없을 것이여, 두고 보자고.'

약속된 시간이 흘러가니 골프복을 입어보고 신발은 신어 보아야 하니 딸들이 서울로 올라오라는 것이다. 새하얀 짱 박힌 신발과 흰 바지와 티를 두 벌씩 사주고 골프채와 가방도 메워 준다. 뭔 채도 그렇게 많고 도구가 바다낚시보다 더 많은 것인지?

'이거 잘 쳐야 할 테인데, 몸은 늙어가고 무모한 도전을 한 것이 아닌지 모르겠다.'

드디어 어버이날을 맞아 제1회 가족 골프대회를 이틀 동안이나 진행한다고 며칠 전부터 가족 단톡방이 불이 났다. 우리 부부는 처음으로 골프장에 들어서게 된다. 기생도 아닌데 이 나이에 자식들이 머리를 올려 준다니...,

무모한 도전일까? 망설이면서도 히죽대며 새 모자에 새 신발, 평소에 멋져 보여 한 번쯤 입어보고 싶었던 골프복이 아니었던가? 선크림을 떡칠하고 자식들 틈새에 끼어 좌우를 살피나 우리가 제일 늙은 것 같았다.

"아빠! 모자를 쓰시니 40대로 보여요. 엄마는 뒤태가 아가씨 같은데요."

장남의 말에 정말 그런 것 같기도 하고 한결 젊어진 기분이었다. 어제저녁에는 초등학생 시절, 소풍 가기 전날 밤, 잠 못 이루듯 선잠을 잤지만 몸 상태는 아주 좋았다. 계절의 여왕, 5월의 푸르름과 가족끼리의 행복한 순간을 만족하면서 자세를 취하며 기념사진촬영을 했다. 우리 부부는 프로 딸과 한 조가 되어 머리를 올리는 골프 격식에 맞는 경기를 하나씩 진행했다. 딸은 목이 쉬도록 설명하고 스윙 연습을 시켰다.

"아빠!! 금방 연습한 대로 치세요! 절대로 머리는 들지 말고! 발바닥도 떼지 말고요."

"아! 큰일 났네! 왜 이런데? 드라이브가 연습할 땐 제일 잘 맞았는데, 뭔 일이여!"

연습장에서 개인지도 코치가 지도한 내용과는 사뭇 다르고 어려웠다. 몸을 흔들지 말고 발바닥을 움직이지 말라고 작은 딸이 고함을 친다. 딸이지만 이곳에서는 코치이고 머리를 올려주고 있기 때문에 꼼짝 못 하고 시키는 대로 치는데 주눅이 들어서인지 공이 더 맞지 않고 엉뚱한 방향으로 자꾸 달아나고 만다. '이렇게 심술을 부릴 수 있을까?'

'너무 잘 쳐서 자식들에게 칭찬을 들을 줄 알았는데? 이게 무슨 꼴인가? 빌어먹을…,' 나보다 못 칠 줄 알았던 아내는 드라이브를 실수 없이 가볍게 쳐서 자식들과 하이파이브를 하고 환호를 지르면서 파까지 했다고 골프장이 떠들썩하게 소문이 났다. 아내는 운동신경이 나보다 월등한 것인지? 나보다 4년이 젊으니 그런가? 내 생각이 완전히 빗나갔다. 허망하고 땅이 꺼지고 하늘이 노랬다. 3개월을 그렇게도 열심히 연습했는데 제대로 맞은 볼이 하나도 없다니 게으름을 피우고 힘을 들이지 않고 친 아내보다도 못 치다니, 그렇게 낚시로 어깨 힘을 길렀고, 팔 힘이 남다른데, 이게 무슨 꼴인가? 여지없이 내 마음을 헤집어 놓았다. 이제 와서 그만둘 수도 없고…, 화를 내면 속이 좁다고 할 것이고, 자식들의 기분을 상하게 할 것이니 진퇴양난이었다.

저녁에 잠을 청해도 뒤척이며 숙면을 못했다. 피곤한데도 온몸에 열이 나고, 초여름 날씨에 몸이 달궈진 것인지? 맘대로 스윙을 하지 못한 분함에서인지? 자식들에게 큰소리쳤는데 아빠의 못난 모습을 보였던 탓인지? 선잠을 잤다. 그런다고 아침부터 스윙 연습도 못해 보고 마음속으로 개인지도 코치의 말과 프로 딸의 말을 되새기면서 오늘은 신중하게 잘 치겠다는 각오를 했다.

자식 4남매와 골프를 즐길 수 있는 기회가 주어진 것만도 하느님의 은총이 아닌가? 머리를 올린다고 긴장했고, 빨간 깃발 아래까지 치고 말겠다는 욕심이 자세를 흩트려 정타를 치지 못했지 싶다. 욕심을 버리니 어제 맞지 않았던 드라이브 성공률이 높아졌다. 아이언도 잘 맞았다. 퍼팅도 잘하여 보기를 하기도 하여 총타 115, 아내보다는 뒤진 점수였으나 골프에의 도전 가능성을 보인 것이고, 나이에 비해 잘 한 것이라고 자식들이 격려한다. 프로 딸과 싱글의 두 아들, 보기플레이를 하는 장녀가 이렇게 위대할 수 있을까….

착각이 남긴 메시지

나는 앞산에 자주 오른다.

어린 편백을 비롯해서 도토리나무, 갈참나무, 소나무들이 아기자기 살아가고 있는 도심 속, 야트막한 숲이다. 숲 사이의 저수지에서는 거위들이 깃을 다듬는다. 한 폭의 그림이다. 숲이 터널을 이뤄 무릉도원武陵桃源이 따로 없다. 산비탈 끝자락 올망졸망한 밭에 노부부가 물을 주고 있다. 이 가뭄에도 작물들은 제법 생기를 되찾아 간다. 뻐꾸기들도 6월의 날씨가 무더운지 울음소리가 까칠하다. 평일 오전이라 산책을 즐기는 노인, 주부들이 대부분이다. 평소 걷기운동을 즐기는 사람들이라 발걸음이 가볍고 생기가 넘친다.

오늘은 서류 제출 약속 때문에 다른 날보다 서둘러 숲길을 내려 왔다. 집에 도착해 땀을 닦으며 현관문 잠금 열쇠 번호를 눌렀다. 문이 열리지 않는다. 세 번을 연속 눌렀다. 이젠 '삐삐' 소리가 난다. 건전지 약이 떨어진 신호음일까? 다시 눌렀다. 그래도 마찬가지다. '이상하네. 이 일을 어쩐 담.' 해결할 길이 막막했다. 아내는 한 시간 전에 외출하여 운전 중에 있을 것이어서 전화도 못하고 한숨을 쉬면서 문자를 보냈으나 답이 없었다. 계단에 앉아 어떻게 집 안으로 뚫고 들어갈까? 궁리를 하고 있는데 열쇠 밑 부분에 수리공 전화번호가 눈에 띄었다. '아! 다행이다.' 급히 전화를 했다.

"현관 번호 키가 안 열려요."

위치를 묻는 전화가 몇 번 오고야 수리공이 도착했다. 수리 공구를 현관문 옆에 놓더니 나에게 현관 키 번호를 다시 한번 눌러 보라고 하며 그는 키에 귀를 댔다.

"건전지 약이 떨어진 것이 아닌데요?"

그때 아내에게 전화가 왔다.

"내 생일을 먼저로 바꾼 지가 언젠디 그라요."

순간 머릿속이 하얗게 된 기분이었다. 400100을 누르니 예전과 변함없이 문이 열렸다. 수리공이 출장비를 주라고 한다.

"무슨 수리를 했다고 2만 원씩이나 주라고 합니까?"

"출장비는 기본입니다. 문이 안 열리면 30만 원 들고 문을 다 부셔요. 그러니 자동열쇠를 승용차 속에 넣고 다니세요."

치매 걸린 노인 취급을 하는 것 같아 더 대꾸할 수가 없었다.

순간의 착각으로 돈을 주고 나니 기분이 떨떠름했다.

　저녁 때, 집에 돌아 와 아내를 볼 낯이 없었다. '집에 두고 나가면 걱정덩어리, 데리고 나가면 짐 덩어리' 쓸모없는 영감이 되어가는 것인가? 이것이 치매 현상의 시초인가? 컴퓨터를 비롯한 내 비밀번호들은 「sjj100400」이다. 이사 오기 일 년 전의 현관 열쇠번호도 '100400' 이었다. 마음이 급해 순간 착각을 한 것이다. 이런 현상이 또 다른 곳에서 나타난다면 어쩔까? 두려운 생각이 머릿속에서 떠나지 않았다. 요즈음 사람 이름이 잘 기억나지 않을 때가 있다. 화장실 불을 끄지 않고 외출을 하거나 왼손에 자동차 열쇠를 들고 오른손에 없다며 찾을 때도 있으니…, 아직 칠십도 안 된 청춘인데….
　그때, 친구 K에게서 카톡이 왔다. 우연의 일치이었지만 오늘 내 착각에 답을 주는 「걷기운동, 치매 예방에 효과 확실」이라는 제목이었다. 미국 스미스 운동학교수는 치매로 이행될 위험이 큰 경도 인지장애 노인들이 걷기운동으로 기억력과 주요 뇌 부위의 신경회로 연결이 개선되었다는 실험 결과를 발표했단다.
　와사보생臥死步生 즉, 누우면 죽고 걸으면 산다는 말도 있다. 동의보감에도 약보藥補보다는 식보食補요. 식보보다는 행보行補라고 했다. 서 있으면 앉고 싶고, 앉으면 눕고 싶은 노년에 눕게 되면 약해져서 병들게 되고, 걸으면 건강해진다는 것이다. 때와 장소를 가리지 않고 많이 걸어야 허리둘레는 가늘어지고 허벅지

둘레는 굵어진다고 한다. 오른쪽 허벅지 근육은 노폐물 칼로리를 태우는 소각장이며 다리 근육이 크면 포도당이 많이 저장된다고 한다. 다이어트의 완성은 적게 먹는 것이 아니라 많이 움직여야 한다는 것이다.

오늘의 착각은 나에게, 틈만 나면 자주 앞산에 올라 숲길을 걸어 다니는 좋은 습관을 기르라는 메시지를 남긴 것이 아닌가 싶다.

벌레가 준 예방주사

아들이 급식사업을 한다.

주로 방학 동안, 초등학교 돌봄 교실이나 유치원, 급식소를 수리하는 학교에 도시락을 제조하여 납품한다. 학교는 조건이 까다로워 누구나 섣불리 손대지 못하는 틈새 사업이라고나 할까, 처음 시작한 곳의 시설은 열악했다. 그 곳에서 몇 년 동안 열심히 일을 하다가 좀 더 넓은 건물로 작업장을 옮겨 깔끔하고 편리하게 시설을 정비했다.

구조 변경 작업을 마무리할 무렵, 기쁜 소식을 전해왔다. J 고등학교에 도시락을 납품하게 되었단다. 거리가 조금 멀기는 하지만 해 보겠다는 각오였다. '새로운 건물로 이전한 후에 처음 하는 일이니 잘 해야 할 텐데…,' 여러 가지 시설과 자재를 준비하면서 이른 새벽에 일 할 사람을 구하지 못하고 끙끙대고 있었다. 돈을 대어 주지는 못 할망정 노력 봉사까지 피할 수 있으랴.

"어쩌겠소, 나라도 도와주어야지"

"당신이 새벽부터 나간다는데 낸들 편히 잠이 오겠는가?"

그 동안 가뭄에 시달리다가 뇌성과 번개를 동반하는 장마가 시작되었다. 새벽 4시 음식 제조 작업장 문을 열었다. 그날 쓸 식자재 차가 신선한 반찬감 재료를 납품한다. 나는 꼼꼼히 검수하여 대형 저온 냉장고에 입고했다. 그리고 90kg 쌀을 뜨물이 나오지 않을 만큼 정성껏 씻어 전기밥솥에 담아 밥 짓는 준비를 완료하였다. 아내는 반찬 만들 채소를 다듬고, 5시에 출근하는 직원과 6시 출근하는 직원들이 각각 당도한다.

첫날에는 일의 두서가 없어 우왕좌왕하기는 했으나 7시가 조금 넘어서 일회용 도시락통에 밥과 반찬 다섯 가지를 정성껏 담고 국은 따로 담는 작업에 10여 명이 눈코 뜰 새가 없었다. 6.25는 전쟁이 아니라며 전쟁터에서 시간과 싸우는 전사들처럼 긴박했다.

아직 작업이 마무리되지 않아 아들이 안절부절못했다. 학교까지 당도하기에는 시간이 너무 늦었다는 것이다.

"그렇지만 음식은 제대로 준비해 가야 하지 않겠느냐?"

담기를 마무리 할 무렵, 주방에서 국이 부족하다고 했다. 빨리 끓이라고 아들이 재촉을 한다. 아무리 빨리 끓여도 부족한 50여 명의 국을 20분 안에 끓일 수는 없는 노릇이었다. 얄밉게도 하늘에서는 금방 비가 쏟아질 것처럼 먹구름이 일었다. '가뭄에는 그렇게도 비가 오지 않더니만 우리에게 심술을 부리는가?'

"네가 먼저 출발해라. 국을 끓여 아빠가 따라갈게."

급히 국을 끓여 뒤를 따라갔으나 아들과는 만나지 못했다. 학교에 도착하니 이미 배식을 시작하였다. 가지고 간 그 국은 적시에 사용했다. 배식을 마무리 하고 가지고 간 도시락을 먹으니 꿀맛이었으나 아내는 먹지 못하였다. 내가 빗속에 과속을 해서 사고 날까 봐 가슴을 조였던 탓이라고 했다. 광주에서 이 학교까지는 1시간 20분이 소요되는 거리인데 1시간여에 달렸으니…,

이틀째는 작업이 훨씬 수월했다. 나는 쌀을 깨끗이 씻어 밥짓는 준비를 완료하고 아욱을 씻는데 아내가 나에게 잔소리를 했다.

"오늘 아욱 씻기는 당신 책임이오. 잘못 씻어 만약에 벌레가 나오면 이 사업은 끝장인 줄 아시오. 아무리 잘 씻어도 한 번 데쳐서 또 씻어야 안전한 디…,"

주방장은 국 맛이 떨어진다며 내가 다섯 번이나 씻은 아욱을 그대로 넣고 된장국을 끓였는데 그 맛이 일품이었다.

오후 방과후 학교에서 수업을 하고 있는데 아들에게서 전화가 왔다.

"아빠! 큰일 났습니다. 된장국에서 벌레가 한 마리 나와 학생이 사진을 찍어 학교 홈페이지에 올려 버렸습니다. 시의회에서

의원들이 조사를 나오고 학부모들에게서 항의가 빗발쳤답니다. 학교 측, 학생 대표, 학부모 대표가 모여 대책회의를 하여 마무리는 지었습니다만 걱정입니다. 다행히 영양교사와 교감 선생님이 유기농, 친환경 채소를 썼기 때문에 생긴 일이 아니냐며 대변해 주어 무마된 것 같아요."

정말 고마운 분들이었다. 내일 기자들이 도시락을 점검하여 보도하겠다고 엄포를 놓았다는 것이다.

이튿날 아들이 직원들에게 신신당부를 했다.

"학교에서 요구하는 식단대로 최선을 다해서 정성껏 요리해 주시기 바랍니다."

'이것이 보도되면 다음 사업에 큰 지장을 초래할 터인데…,' 단단히 벼르고 기자들이 학교에 찾아 왔더라는 것이다. 만들어 간 도시락을 검사해 보라고 자신 있게 펴 놓으니 그들이 살펴보면서,

"이렇게 맛있고 정갈스럽게 조리했고, 음식량도 넉넉한데 어떤 트집을 잡겠습니까? 매일 이렇게만 준비해 주신다면 문제 삼지 않겠습니다."

그 뒤로도 마음이 놓이지 않았으나 철저한 위생관리로 깔끔한 음식을 성의껏 만들어 학생들의 입맛에 맞게 불평 없이 납품을 마무리하였다.

며칠 후, 아들이 저녁을 먹잔다. 한식집에서 사돈 내외랑 식사

하며 자식 일에 수고들 했다고 서로를 격려했다. 안사돈은 내 손녀를 담당하셨다. 아들은 우리에게 일당 챙겨 주는 것도 잊지 않았다.

"새로운 작업장으로 이사를 했는데 대형 에어컨이라도 한 대 사 줍시다."

"그러세, 자식이라도 줄 것은 주고, 받을 것은 받아야 하지 않겠는가?"

한 마리의 벌레는 예방주사처럼 앞으로 아들 사업에 경종을 울렸으면 한다.

신앙의 씨앗

전쟁으로 가정은 산산조각이 났다.

어머님은 스물두 살의 청상과부가 되어 빨갱이 굴레로 감시 당해 크게 숨조차 쉬지 못하고 살았다. 15년의 세월이 흘러 세상을 헤쳐 나가기 위한 방편을 찾기 위해 어머님은 몸부림치셨다. 늙은 시부모와 시동생, 어린 자식을 건사하고 이끌어 갈 정신적인 지주支柱가 필요했던 것이다. 외롭고 슬픈 현실을 달랠 언덕을 찾았으나 모두 살기 어려운 형편이라 따뜻한 보살핌은 받지 못하셨다.

혹시 성당은 어떤 곳일까 하고 망설이다가 신부님과 수녀님의 삶을 보고 그 곳에 들르신 것이다. '내 딸아 빨리 오너라.'하고 예수님이 불러 응답하신 것 같았다고 한다. 어머님은 외국 신부님의 자상함과 친절에 더 호감을 느끼게 되셨단다. 입교한 첫날부터 교리문답을 암기하기 시작하셨고, 밭에서 일 할 때, 논에서 김을 맬 때도 사도신경, 주의 기도, 성모송, 영광송, 아침, 저녁

기도문을 외우고 또 외우셨다고 한다. 그러기를 수개월 어려운 면접 관문을 통과하고 하느님 자녀로 탄생하신 것이다.

'한 알의 밀알로 썩고자. 자신을 불태우는 촛불로, 이 한 몸 예수님의 고통과 함께 하겠다.'고 다짐하며, 천주교 신자로서만이 이 어려운 가정을 일으켜 세울 수 있겠다는 각오를 하셨던 것이다. 이렇게 어머님은 주님께 온전히 의탁하시면서 바람 앞에 등불처럼 꺼져가려는 위태로운 가정을 일으켜 세울 수 있는 정신적인 계기를 마련하신 것이다.

집에서 읍 성당까지는 한 시간이 넘게 걸어야 하는 먼 거리였다. 농촌 일에 늘 피곤함에도 성당을 내 집 드나들 듯하셨다. 큰 전례 행사 때는 정성껏 한복을 차려입고 가기도 하셨다. 레지오 활동도 수년 동안 꾸준히 하시며 묵주가 언제나 손에서 떠나지 않을 정도였다. 주일미사 때는 종종 나를 데리고 가서 교우들에게 인사를 시키셨다. 조부모님은 자식 둘 앞세워 놓고 생의 의욕을 잃고 시름시름 병으로 고통을 당하니 이 몫 또한 어머님의 무거운 십자가였다. 그때는 가정에서 관혼상제의 예를 해결할 때라 동네에 초상이 나면 상복을 짓는 일이나 혼인날 주방에서 윗청상 차리는 일, 염을 하는 일, 뜨거운 불 앞에서 모시 베를 매는 일 등의 궂은일이나 경사스러운 때 중요한 일거리들이 늘 어머님 차지가 되기도 하였다.

그 후 어머님이 중심이 되어 몇 안 되는 신자들끼리 단칸이지만 공소를 마련하였다. 내가 나서서 농성동 성당 신축 때 철거한 대들보를 가져와 재활용하였고, 성모상은 공소 마당 한쪽에서 외롭고 쓸쓸하지만 지금도 도시에서와 똑같이 환한 미소로 신자를 맞이한다. 미미하였으나 수년간 공소회장으로도 활동하시며 유교 사상으로 똘똘 뭉친 동네 사람들에게 전교도 열심히 하셨다. 그때부터 신앙생활을 하신 동네 분들이 지금도 공소를 지키고 하느님을 모시고 계신다.

어려운 가정 형편에도 신앙심 하나로 의지하며 어려움을 극복하시는 것을 보고도 나는 주님 곁으로 쉽사리 다가가지 못했다. 어머님은 기회 있을 때마다 성당에 나가 주님 모시기를 간절히 바랐으나 결단을 내리지 못하고 머뭇거리고 있던 때, 주님은 우리 가족을 부르셨다. 스스로 성당에 나가지 않으니 무서운 방법으로 부른 것이다. 그때는 미처 생각 못했으나 지금 생각해 보니 주님의 부름이 확실했다. '어머님의 권유를 미리 받을 걸….' 어머님의 정성 어린 기도 덕이 아니었나 싶다. 어머님의 희망대로 우리 부부는 북동성당으로 주님을 찾아 나섰다. 어머니가 그렇게 갈망했던 신앙의 씨가 우리 부부에게 뿌려졌다. 83년 5월 23일 하느님 자녀로 탄생하는 기쁨과 영광을 누렸다.

무심한 세월은 흘러 2,000년 희년 막바지에 어머님은 신자들의 정성 어린 기도 속에 주님 품으로 떠나셨다. 지금도 별이 잘 드는 담양 천주교 성지에서 우리 가족들을 지켜 주고 계신다.

'어머님이 뿌린 신앙의 씨는 우리 가정에 잘 자라 가고 있습니다. 어머님! 부디 영원한 복을 누리고 편히 잠드소서!'

원구援救

한해旱害로 농촌에 어려움이 컸다.

농민들은 하늘을 원망하며 기우제를 지냈으나 땡볕만이 대지를 뜨겁게 달구었다. 냇가를 파헤쳐 땅속의 마지막 남은 물 한 방울이라도 품어 올려 벼를 심었으나 벼락 맞은 나무처럼 검붉게 타들어 가고 말았다. 훈훈했던 농촌 인심마저 숨 막히도록 각박해져 가고 있었다. 우리 집 형편도 날이 갈수록 점점 더 어려워져 갔다. 고등학교 졸업을 눈앞에 둔 나에게 무거운 돌로 가슴을 짓누르는 것처럼 옥죄어 왔다. 모래알이라도 녹일 식욕에 배불리 먹을 형편이 못되니 늘 허기졌다. 그래서 스스로 돈을 벌어 허기진 배를 채워보고, 세상 바람도 쐬 볼 겸, 가정 형편이 나와 비슷한 친구와 함께 무작정 낯선 고장으로 떠난 것이다. 영암에서 광주행 버스를 타고 영산포를 벗어나면서부터 고학생 행세를 시작하였다. 부끄러움을 무릅쓰고 좁은 버스 안을 비집고 끼어 다니며 우리의 웅변을 대변할 엽서 크기의 쪽지와 학용품을 손님들에게 나누어 주었다. 한참을 머뭇거리다 가슴이 떨려 목구멍에서 소리가 들락날락, 나누어 준 그 쪽지를 겨우 읽을 정도였다.

"손님 여러분! 안녕하십니까? 6.25사변 때 저희 아버지가 돌아가셨습니다. 그때 저희는 한 살이었습니다. 올해 제 어머님이 후두암에 걸려 수술하시고 병원에서 치료 중입니다. 친구 어머님도 병이 나서 농사일을 못하십니다. 몇 마지기 되지도 않는 다랑논이 전부인 우리 가정은 이태나 쌀 한 톨 수확하지 못했습니다. 불쌍한 제 어머님 병원비라도 조금 도와주십시오!"

눈물이 곧 쏟아질 것 같았지만 온 힘을 다하여 참았다. 돌렸던 쪽지를 거두면서 학용품 값을 지급해 주는지 손님들을 살폈다. 들은 척도 하지 않고 쪽지와 학용품만 돌려주었다. 귀찮다는 눈치들이었다. 얼굴이 화끈거리고 고개를 들고 다시 사람들을 쳐다 볼 수가 없었다. 등에서는 식은땀이 비 오듯 쏟아졌다. 몇 차례의 버스에 오르내리며 시도해 보아도 성과가 없으니 친구도 괜히 시작했다고 후회하는 눈치였다. 그러다가 한 아주머니가 나를 애처롭게 쳐다보며 연필 값을 치렀다. 고마워서 그 아주머니 앞에서 절을 몇 차례나 했다. 용기가 생겼다. '주저할 게 없다.' 몇 번의 버스를 더 오르면서 뻔뻔스러워졌다. 그러나 서툴기 그지없었다. '처음부터 잘하는 사람이 어디 있겠느냐?' 하면서 마음을 다잡았다. 여러 번 버스를 바꿔 탄 사이에 진짜 고학생을 만났다. 그는 우리에게 텃세를 부리며 싸움을 걸어올 기세였다.

"여기는 내 나와바리[1]다. 이 촌놈들아 어디서 까불고 있어!"

이 바닥에서 꾀나 한 놈인가 위세가 당당했다. 나를 금방이라도 때릴 것 같이 눈을 부라렸다. 가슴이 벌렁거리고 다리가 후들후들 떨렸다.

"너희들은 원구援救[2]도 못 치냐?"

큰 눈으로 쳐다보는 당당한 그 모습에 기가 죽고 주눅이 들었다.

"손님들 앞에서 불쌍하게 애걸하며 큰 소리로 웅변하는 것처럼 외쳐야 해. 허리를 구부정하게 하고 고개는 약간 숙인 듯 다리를 절뚝거려야 한단 말이야."

그 선배 말대로 해 보려 했으나 원구까지의 실력은 아직 거리가 멀었다. 그래도 고학생이라고 공짜로 버스를 태워준 기사님들이 고마웠다. 가는 곳마다 수입이 조금씩 늘어 재미가 짭짤해져 갔다.

저녁때가 되어 장성 어느 시골 들판 원두막을 찾았다. 그 곳은 가족이 있는 포근한 우리 집 같았다. 여기저기 달덩이 같은 수박이 잎에 가려 보일 듯 말 듯, 부끄러움 타는 소녀 얼굴이었다. 수

---

1) 나와바리 : 영향력이나 세력이 미치는 공간이나 영역을 속되게 이르는 말
2) 원구援救 : 웅변조로 여러 사람 앞에서 외쳐대는 행위

박의 붉은 속살이 꿀처럼 달 것 같아 군침이 돋았다. 주린 배를 채울 수 있도록 수박을 공짜로 줄까? 오늘 번 돈으로 그냥 사 먹을까? 잠시 그런 생각에 잠겨있는데 주인아저씨가 수박 한 덩이를 쪼개어 먹으라고 권하며 여기에 온 사정을 물었다. 친 삼촌처럼 다정하게 말을 걸어 왔으나 워낙 배가 고파 고맙다는 말도 없이 허겁지겁 시원하고 사근사근한 수박만 먹어댔다. 배가 불러 만족하니 원두막에서 금세 곤히 잠이 들고 말았다. 단잠은 꿀맛이었다. 아침인 줄 알고 거적문을 젖히니 해가 중천이었다. 고마운 아저씨는 아침 일을 갔는지 그 곳에 없었다. 마음속으로 수십 번 감사하다고 했지만 수박으로 끼니를 때운 탓인지 속이 허하고 시장기가 들었다. 다리를 휘청거리면서 동네로 내려갔다. 싸리나무로 앙증맞게 만든 어느 집 사립을 젖히니 부엌 앞문에 보리쌀 삶은 밥 바구니가 우리를 반겼다. 환하게 웃고 있었다. 군침을 삼키며 인기척을 했다.

"계십니까?"

머리를 단정히 묶은 우리 또래의 곱상한 아가씨가 나오면서 경계하는 눈치였다.

"지나가는 고학생인데 밥 좀 주세요."

위아래를 훑어보더니 두려움을 풀고 부엌으로 들어갔다. '아! 남은 밥이 있는 갑네.' 구세주를 만난 듯이 반가웠다. 정갈한 반찬 몇 가지와 보리밥 한 그릇을 고맙다는 말도 없이 먹어치웠다. 밥이 입에 들어와 혀에 닿는 순간 달콤한 그 맛이 사라지고 말았다. 이런 진수성찬이 어디 있을까? 기막히게 맛있었다. 두서너 번의 수저질에 빈 밥그릇이 되고 말았다. 그래도 염치는 있었는지,

"고맙습니다."

원구 치는 것처럼 인사를 여러 번 했다. 청순한 시골 그 처녀, 지금도 삼삼하게 내 눈에 아른거린다.

일주일의 시간이 흘러 집으로 돌아오는 길에 시골에서 학용품 값으로 받은 곡식은 시장에 가서 팔아 현금과 합치니 상당한 금액이었다. 그 돈으로 할아버지가 드실 막걸리와 안주도 사고, 어머님께 드릴 선물을 준비하니 발걸음이 나를 것 같았다. 취직 걱정에 그 동안 사고 싶었던 공무원 시험 문제집도 몇 권을 가슴에 품으니 합격이라도 된 듯이 기뻤다.

청소년 시절 호구지책을 갈구하며 떠났던 무전여행에서 얻은 원구가 오늘도 나의 등을 다정하게 두드리며 빙그레 웃음 짓게 한다.

나의 여인들

인간은 세상에 태어나면서부터 이성을 그리워하고 사랑하면서 한 평생을 살아간다. 그런데 나는 여성 편력이 여간 복잡하다.

고등학교 2학년 때, 처음으로 한 여인을 만나게 되었다. 시골의 무더운 여름밤이었다. 아직 여자를 모르는 순박한 시골 청소년인데도 만난 순간부터 끊임없이 그녀는 나를 끌어당겼다. 청초한 미모와 지성을 갖춰 나에게는 신선한 충격이었다. 통통한 몸매에 해처럼 동그스름하고 흰 납작한 얼굴, 매끈한 다리에 검은색 미니스커트는 정말 아름다웠다. 공부는 눈에 들어오지 않았고 자나 깨나 머릿속에는 그녀 생각뿐이었다. 신선놀음이랄까? 만나서 호롱불까지 밝혀 사랑을 나누다가 날이 새는 줄도 모를 때도 있었다. 만날 때 우린 주로 검은 옷과 흰옷을 즐겨 입었고, 옷을 서로 바꿔 입을 때도 있었다. 고희古稀에 가까운 지금에도 그녀와의 만남은 계속되고 있다.

첫 여자와 조금 뜸한 사이에 두 번째 여인을 만났다. 이 여인은 주로 휴일이나 밤에 만나서 사랑을 노래했다. 이 여인은 양다리와 발끝까지 긴 털이 많이 나 있었다. 나는 그 털을 무척 아끼며 잘 다듬었다. 처음 몇 년 동안은 내 마음대로 힘을 조절할 수 없어서 길들이기가 힘들었으나 맹훈련이 거듭되니 순응하게 되었다. 몸통은 매끈했으나 썩 아름답거나 매혹적이지는 못했다. 잘 갈고 닦으면 쓸 만한 여인이 될 것 같은 희망의 끈은 있었다. 한 번 잡으면 놓지 못하여 붙들고 몸부림을 쳐댔다. 그 사랑이 얼마나 컸으면 20년을 짧다며 만났겠는가? 내가 좋아해서 만나니 그녀에게 들어가는 돈은 아깝지 않았다. 이리 분칠, 저리 분칠, 만날 때 마다 온 정성을 다했다. 비좁은 방구석에서 어린 자식들이 보는 앞도 가리지 않고 그 짓을 할 때도 있었다.

아하! 놀라운 변덕쟁이! 일은 계속되었다. 세 번째 여인을 만났으니, 나는 변강쇠쯤 되는지 모르겠다. 그야말로 이 여인은 매력이 철철 넘치고 만날 때마다 사랑의 맛은 어떤 여인에 비교가 되지 않았다. 내 온 몸을 빨아드릴 듯, 강렬한 가슴과 가는 허리는 매혹 덩이였다. 사시사철 밤낮을 가리지 않았고 내 몸을 그냥 녹여 주었다. 데이트 약속을 잡으면 일손이 잡히지 않았다. 반미 치광이가 된 것처럼 정신을 차리지 못했으니…, 만나러 떠나기 전날 밤에는 '그녀를 만나면 어떻게 사랑을 요리할까?' 하는 생각에 젖어 공상으로 뜬눈으로 날을 샜다. 서로 만나면 매우 바빠졌다. 그녀와 사랑을 나누기 위해서는 할 일이 많았기 때문이다. 떠나오기 전에 미리 준비한 물건들을 다 꺼내 놓고 사랑의 게임을 시작했다. 한 판의 사랑 게임은 상당히 기다리는 인내심도 필요했으나 기다림에 비례하여 사랑의 결과물은 그 맛이 배가 되며 온몸은 전기에 감전된 것처럼 짜릿한 쾌감을 느낄 수 있었다. 잡힐 듯 말 듯, 애간장을 녹이다가 한 번 물면 놓지를 못하고 내 몸에 철석 안기어 짜릿한 쾌감을 주니…, 그녀와 그렇게 넋 나간 놀이를 하다 보면 금방 시간은 가버린다. 요즈음은 한숨도 자지 않고 꼬박 날을 새기도 한다.

이젠 건강도 문제가 되니 더 여인을 만나지 말아야 했다. 그런데, 웬센놈의 정 때문에…, 이젠 정말이지 마지막 여인으로 낙점하겠다며 네 번째 여인을 만났다. 만난 지 벌써 4년이 흘렀다.

이 여인의 특징은 고려청자처럼 고상하며 은은한 향이 풍기는 난 같다고나 할까? 처음에는 가볍게 접근해 와서 그냥 스쳐가는 여인이겠지? 하고 만났다. 큰돈이 들지는 않았지만 만날 때는 고도의 기술이 요구되었기에 노교수에게 전수하여 일정 자격을 따야 하는 어려움이 있었다. 그런데 다른 친구들이 노후에도 이런 여인을 만나서 즐기는 모습을 보니 부쩍 시샘이 났다. 멋지게 보였다. 많은 사람들이 추앙까지 했다. '뭐, 나라고 못할 것이 무엇이냐?' 하고 간단히 시작한 게, 갈수록 그 묘령의 여인에게 점점 빠져들기 시작했다. 이젠 이 여인의 매력에 서서히 녹아나고 있다.

이 여인들과의 사랑을 상상해보니 나는 참 복 많은 녀석이었다. 지금도 그 여인들이 나를 버리지 않고 잘 따라 주고 있으니…, 첫 여인은 바둑녀, 두 번째는 서예녀, 조강지처는 낚시녀, 마지막은 수필녀이다. 낚시녀의 만남을 내 깊은 우정의 으뜸으로 삼고 싶다. 내일은 목포 앞바다로 밤낚시를 간다. 나는 이미 그곳 배 위에 앉아 있다. 찬란한 야경, 넘실거리는 사랑의 파도, 맑은 밤공기, 은빛 갈치의 찬란한 용트림, 신선한 갈치의 식감을 무엇에 비기랴….

화마火魔를 이겨낸 모녀

화재사고 뉴스가 연일 보도된다.

그렇지 않아도 사드, 북한의 핵무기, 지진, 낚싯배 사고, 중국과의 외교마찰 등으로 가뜩이나 나라 안팎이 어려운 처지인데, 29명의 생명을 순식간에 앗아간 대형화재 사고까지 터져 온 국민을 슬픔에 잠기게 했다. 수능시험이 끝나 홀가분한 기분으로 외갓집에 들렀던, 피어보지도 못한 꽃다운 나이의 고등학생과 효녀 딸, 외할머니, 3대를 앗아 간 무지막지한 화마가 너무나 야속하고 우리들 가슴을 아리게 한다. 그리고 높지도 않는 2층 목욕실에서 탈출구를 찾지 못해 연기에 질식해 발버둥 치면서 죽어갔을 피해자들을 생각해 보면 안타깝고 아쉬움이 남는다.

불난 소식만 들으면 우리 식구가 겪었던 아찔했던 화재사고가 생각나 현기증이 나고 속까지 울렁거린다. 사고 전날 밤, 딸과 외손녀가 우리 집에 왔다. 외손녀와 딸이 함께해서인지 반찬 가짓수가 늘어 평소보다 아침상이 풍성했다. 정담을 나누며 아침을 먹고 각자 일터로 나갈 준비에 바빴다. 딸은 식사를 마치고 외손녀(S 사립초등학교 3학년 재학)의 책가방을 챙겨 통학버스 시간에 늦을까 봐 잰걸음으로 현관문을 나섰다. 나는 욕실에 들어가 샤워를 막 시작했는데, 갑자기 아내가 악을 쓰며 발을 동동 굴렀다.

"불이야! 불이 났어! 빨리, 나가잔 게!"

예삿일이 아님을 직감하고 황급히 나와서 옷을 입으려니 발이 걸려 제대로 입을 수가 없었다. 유리 창문을 보니 순식간에 시커먼 연기가 기어들어 오고 천둥소리 같은 굉음이 귀청을 때렸다. 정신이 아찔했다. 아내는 현관에서 대피명령을 내린 것이다. 나는 아내도 팽개치고 혼자 나가려 했다. 아내가 내 손을 잡았다. 시커먼 연기는 아파트 통로를 덮치고 우리들을 삼키려 했다. 나는 딸과 외손녀를 구하려는 일념으로 앞뒤도 생각지 않고 아래층 계단으로 달리려 했다. 그러나 아들이 앞을 가로막았다.

"내려가시면 다 죽습니다!"

"아니다! 죽더라도 내려가 아이들을 구해야 한다."

아들과 우리 내외는 실랑이를 했다. 순간적으로 몇 년 전 근무했던 학교 화재사고 때 연기로 말미암아 동료가 숨졌던 생각이 뇌리에 스쳐 자식 말을 우기지 못했다. 도리 없이 옥상으로 대피하는 것이 상책이었다. 그런데 옥상 철문이 자물쇠로 채워져 열 수가 없었다. 그러나 오래된 옥상 문의 녹슨 경첩은 죽을힘을 다한 아들의 괴력에 버티지 못해 슬그머니 풀렸다.

굴뚝에서 품어져 나오는 연기로 앞이 보이지 않는 옥상도 지옥이기는 마찬가지였다. 6층에서 시꺼먼 연기와 불길이 함께 분출하니 화산이 폭발하는 것 같았다. 아침 출근 전, 소방도로까지 막아 세운 차들 때문에 수많은 소방차는 먼 곳에서 앵앵거리며 우리들의 애간장을 녹일 뿐이었다. 그렇게 공포의 30여 분이 흘러 허겁지겁 숨을 몰아쉬며 소방관이 옥상으로 올라왔다. 딸과 외손녀를 물으니 못 봤단다. 앞이 아찔하고 피가 거꾸로 솟는 것 같았다. '이 무슨 꼴인가? 우리들만 살고 생때같은 자식들을 죽이다니…' 소방관의 도움으로 주차장에 내려와 구경꾼들에게 딸 소식을 물었으나 본 사람이 없다. 아내는 정신 줄을 놓고 말았다. 그때 사위가 땀을 뻘뻘 흘리면서 달려와 병원에서 연락이 왔다며 황급히 딸과 외손녀의 생환을 알렸다.

무서운 연기 속에서도 무사히 대피하여 죽지 않고 살아준 딸과 외손녀가 감사할 뿐이었다. '얼마나 뜨겁고 힘들었을까? 얼마나 무서웠을까?' 공포 속에서 허덕였을 모녀를 생각하니 만감이 교차하였다. 그런 위험하고 힘든 상황에서도 용감히 살아 주었다니…, H 병원 응급실 담당 의사가 당부를 했다.

"이 환자들은 연기로 폐가 많이 상했습니다."

모녀의 겉옷은 타기 직전이었고, 온몸은 개 그슬러 놓은 것처럼 검붉은 화상으로 눈 뜨고는 볼 수 없는 상태였으나 숨을 쉬는 것만으로 감사했다. 상당한 시간이 흐른 뒤, 악몽에서 깨어나 숨을 몰아쉬면서 딸은 횡설수설했다.

"현관에서(우리 집은 12층) 나와 계단을 살피니 연기가 별것이 아니기에 9층까지 뛰어 내려갔는데, 불길과 연기 때문에 더 내려 갈 수 없어서 창문으로 기어올라 걸터앉아서 살려 달라고 악을 썼는데…,"

딸은 제대로 말을 잇지 못했다. 불길이 거세게 올라와 옷을 태우니 밑으로 뛰어 내리고 싶었단다. 밑에서 사람들이 '뛰어 내리면 죽는다.'고 함성을 쳤을 때, 엄마의 한 손에 안긴, 외손녀가 손으로 얼굴 앞에 부채질했다며 울먹였다. '침착하고 용감했던 어린 내 새끼가 어미까지 살리다니.' 아파트 유리창 난관에 올라가 모녀는 서로 손짓으로 격려하며 위기를 넘기는 모습이 MBC 저녁 뉴스에 보도되었다. 7층에 사는 할머니는 구명줄을 타고 내려오다가 6층에서 뿜어져 나오는 연기와 불 때문에 떨어져 그 이튿날 운명하시고 말았다. 불난 6층 아주머니도 아파트 앞 화단으로 뛰어내려 생사가 불분명했다.

모녀는 몇 달 동안 병원 신세를 진 뒤에 퇴원했다. 딸은 폐가 상했는지 지금도 이따금 기침을 하지만 외손녀는 건강한 고등학생이 되었다. 생사의 갈림길에 걸린 위급한 상황에서 여자는 모성애를 발동한다고 한다. 자기가 죽을지도 모르는 위급한 상황에서도 침착하게 식구들을 대피시키고 맨 마지막으로 현관문을 나서려는데, 나는 뒤도 돌아보지 않고 밖으로 뛰어나가려 했던 것을 생각해 보면 지금도 얼굴이 화끈거린다.

이번 제천 화재처럼 엄청난 사건이 될 뻔했던 순간을 잘 판단한 아내와 아들의 지혜에 우리 식구가 최소한의 피해를 보지 않았을까….

야바위꾼

나는 초딩 6학년이다.

몇 달 지나면 초등학교를 졸업하고 중학생이 된다. 졸업 기념
으로 꿈에 그리던 대도시 광주로 수학여행을 떠난다. 수학여행을
가기 위해서 서툴지만 반 친구들끼리 무더운 여름날에 구슬땀을
흘리며 허리가 휘도록 보리도 베어 돈을 모았다. 수학여행 경비
를 어렵게 마련했다. 우리가 번 돈 말고도 내야 할 돈이 없어 같이
가지 못한 친구도 있었다. 설빔 같은 새 옷도 엄마가 사주셨다. 생
전 처음으로 용돈도 받았다. 몇 날 며칠 잠을 설치기도 했다. 읍내
로 나가는 길은 황톳길에 자갈을 깔아 놓아 버스가 몹시도 덜거
덩거렸다. 그러나 모처럼 친구들과 함께 탄 버스는 너무도 신나
고 즐거웠다.

거의 하루를 달린 버스는 늦은 오후가 되어서야 목적지 광주에 도착했다. 생전 처음 보는 번쩍번쩍한 도시의 풍경은 뭍에 오른 거북처럼 입을 다물지 못하고 연발 환호성을 질렀다. 시끌벅적한 역전 부근 여관에 짐을 풀고 저녁 식사를 하기 전에 자유시간이 주어졌다.

"차 조심, 사람 조심해. 한 시간 후에는 돌아와야 한다."

담임선생님은 우리에게 신신당부를 했다. 선생님 말씀은 듣는 둥 마는 둥 하고 거리 구경에 정신이 없었다. 수많은 차들, 바삐 오가는 사람들, 길옆 가게에 진열된 신기한 물건들은 시골에서는 보지 못했던 것들뿐이었다. 넋을 잃고 구경하는데 손수레 주위에 많은 사람들이 모여들어 웅성거리는 것이었다. 무슨 일일까? 호기심이 생겨서 구경꾼들 속에 끼어들었다.

한 아저씨가 손수레의 판자 깔판 위, 나무통 속에 있는 흰색 나뭇가지와 검은색 나뭇가지를 빼 들고 두 손으로 요술을 부리듯 휘젓다가 뭉치고선 펴기를 반복했다. 흰색이나 검은색 쪽에 돈을 걸게 한 뒤, 어느 색이 나올 것인지를 알아맞히는 돈 따먹기였다. 참 신기하고 재미있어 보였다. 저 정도면 나도 할 수 있겠다는 자신감이 생겼다.

"별 장사도 다 있네. 한 번 해 볼까?"

"안 된다니까. 아니 한번 해봐!"

친구들도 덩달아 이 소리 저 소리였다.

"잘 봤다. 못 봤다. 말이 말씀 마시고,"

아저씨는 나뭇가지로 재주를 부리듯 움직였다.

"자! 어서 걸어보세."

어떤 사람은 나뭇가지 밑에 돈을 붙여 따먹기도 하고 잃기도 했다. 난 곧장 돈을 딸 것 같았다. 용돈을 조금 꺼내 검은색 나뭇가지 밑에 과감히 도전장을 내밀었다.

"수리수리 마술이. 수리수리 마술이."

통을 흔들어 대더니 아저씨가 눈을 지그시 감고 흰색 나뭇가지를 꺼냈다.

'틀림없이 검은색 나뭇가지였는데, 왜 흰색이야.' 나머지 용돈을 다시 흰색 나뭇가지에 걸었다. '이번에는 질 수 없다.' 흔들어대는 나무통을 눈이 뚫어지게 살펴보았으나 아저씨가 꺼낸 나뭇가지는 검은색이었다. 귀신이 곡할 노릇이었다. 어머니께 탄 용돈을 전부 잃으니 눈앞이 캄캄해 지고 다리가 덜덜 떨렸다. 그 아저씨가 너무 미웠다. 정신을 차리고 아저씨를 쳐다보니 딴 돈들을 윗옷 호주머니에 넣고 허리를 굽혀 좌판 위의 나뭇가지를 정리하고 있었다. '잃은 돈을 찾아야 한다.' 생각이 순간적으로 여기에 미치자 아저씨의 호주머니에서 돈을 잽싸게 낚아채 뒤도 돌아다보지 않고 죽을힘을 다해 뛰었다.

"저 새끼 잡아라!"

그 아저씨의 외치는 소리가 멀리서 들려올 때까지 달렸다. 어느 건물 담 사이에서 잔뜩 겁에 질려 숨어 있기를 20여 분, 담임

선생님의 화난 얼굴이 퍼뜩 떠올라 더 거기에 숨어 있을 수가 없었다. 발길이 떨어지지 않았으나 더듬거리며 왔던 길을 찾아 하숙집으로 가는데 어디선가 그 아저씨가 나타날 것만 같아 두려웠다.

가슴을 조이며 하숙집에 들어서니 갑자기 담임선생님이 두 눈을 부릅뜨며 나의 목덜미를 잡아들고 뺨따귀를 수차례 때렸다. 정신이 아찔했다. 장교출신 담임선생님의 무서운 꾸중에 앞이 캄캄했다.

"야바위꾼에게 속아 돈을 잃어? 이 병신 같은 놈아! 날마다 반성문 써! 졸업할 때까지 화장실 청소야."

담임선생님은 계속 훈계를 하시다가 빼앗은 돈을 야바위꾼에게 돌려주라는 것이었다.

'야바위꾼을 어떻게 찾으라고…'

즐거운 수학여행을 왔는데도 용서할 기색 없는 담임선생님의 눈초리에 저녁밥은 모래알을 씹는 것 같았다. 친구들은 힐끔힐끔 쳐다보며 놀려대니 숨이 막히고 죄인 취급을 당하는 것 같아 빨리 집으로 돌아가고 싶은 생각뿐이었다.

담임선생님 말씀대로 이튿날 야바위꾼을 찾아가 돈을 돌려주니,

"야, 이 도둑놈아 가져가! 다음에는 그러지 마라. 잉!"

눈을 부릅뜨며 돌려보내는 것이었다. 눈물이 났다. 아저씨가 고마웠다.

훌쩍 세월이 흘렀다. 어제 일 같은데 고희古稀가 코앞이다. 요즈음 자고 나면 깜짝 놀랄 뉴스로 세상이 어지럽다. 국민들에게 모범을 보여야 할 고위직 간부의 부동산 투기 의혹? 탈세혐의? 친인척 비리? 상상하기 어려운 일에 연루되어 그 야바위꾼 같은 진실을 도무지 알 수가 없다. 그걸 모른 척하는 사람, 안다고 말하는 사람까지 싸잡아 검찰에서 조사하는 세상이다. 확실히 이해할 수가 없다.

그때, 야바위꾼의 부릅뜬 눈이 어른거린다. 고인이 되신 담임 선생님의 깡마른 화난 얼굴이 보인다. 선생님! 그립습니다.

측정 불가능한 무게 가치

성당에 미사참례를 갔다.

염주골은 아직 곤히 잠들어 있었다. 새벽 공기가 한층 상긋했다. 아내와 함께한 발걸음이 날아갈 듯 가벼웠다. 엊그제까지 아름다운 자태를 뽐내며 흐드러지게 꽃을 선물했던 학교 주변 벚나무의 새순은 귀여운 손녀의 손처럼 곱기만 하다.

지붕 위의 이슬 머금고 덩그렇게 선 십자가가 길을 밝힌다. 화단의 나무들 사이에서 환한 미소로 성모님이 우리를 반긴다. 여신자들의 머리에 쓴 미사보가 배꽃처럼 정갈하다. 은은히 울려 퍼지는 시작 성가가 마음을 일깨우며 복음이 선포된다. 맛깔스러운 신부님의 강론이 가슴을 뭉클하게 한다.

룩셈부르크의 한 마을에서 실제 있었던 이야기로 어느 날, 산림보호 감시대장이 정육점 주인과 대화를 나누고 있을 때 한 부

인이 가게로 들어왔다. 그녀는 겨우 들릴 듯 말 듯,

"저어, 고기를 조금 얻으려고 왔는데…, 고기 값을 드릴 형편이 못되어…, 그러나 당신을 위해 미사참례를 하겠습니다."

그들은 종교에 관심이 전혀 없는 사람들이었다. 앞에서 야박하게 거절하기가 곤란해,

"그래요, 저를 위해 미사참례를 하고 다시 가게에 들르시구려, 미사의 값만큼 고기를 드리도록 하지요."

부인은 미사참례를 하고 다시 정육점에 들렀다.

"정말 저를 위해 미사참례를 하셨나요?"

부인이 종이쪽지를 내밀었다.

"당신을 위해 미사참례를 했습니다."

정육점 주인은 별 희한한 일을 다 겪는다고 중얼거리며 저울의 한 쪽에 부인이 내민 종이쪽지를 올려놓고, 다른 한 쪽에는 고기 한 점을 올려놓았는데 저울은 어느 쪽으로도 기울지 않았다. 처음에 부인의 말을 듣고 비웃었던 두 사람은 상대의 얼굴을 쳐다보며 이상하다는 표정을 짓는다. 큰 고기 덩어리를 올려놓아도 저울은 전혀 움직이지 않았다. 그는 혹시 저울이 고장 난 것이 아닌가 하고 살폈으나 이상이 없었다. 그는 약간 빈정대는 말투로

"부인, 저울이 꿈짝도 하지 않으니 이게 도대체 어떻게 된 일이지요?"

양 다리를 겹쳐 올려놓아도 저울은 처음처럼 전혀 움직이지

않았다. 정육점 주인은 너무 큰 충격을 받았다. 그는 부인을 경멸했던 일을 깊이 후회하며 정중하게 부인에게 사과를 했다. 이제라도 신앙을 가져야겠다고 마음속으로 굳게 다짐하며

"부인! 앞으로 부인이 원하시는 만큼의 고기를 매일 선물하겠습니다."

한편, 처음부터 끝까지 지켜보았던 산림 감시대장도 전혀 다른 사람으로 변했다. 그는 신자가 된 것은 물론이고 눈이 오나 비가 오나 하루도 빠지지 않고 매일 새벽 미사에 참례하였다. 아버지의 깊은 신앙생활을 곁에서 지켜보며 자란 그의 두 아들은 각각 예수회와 예수 성심회의 사제가 되었다.

산림 감시대장이 죽음을 맞이하게 되었을 때 두 아들에게 '매일 하느님께 미사를 정성스럽게 봉헌할 것은 말할 것도 없고 행여 게으름으로 인하여 미사를 집전하지 못하는 일이 없도록 하라.'라고 유언했다 한다. 이 이야기에 나오는 산림 감시대장이 신앙심을 갖게 된 계기처럼 우리 가족들도 어머님의 깊은 신심을 본받아 지금도 열심히 신앙생활을 하고 있다. 제 어머님은 참 그리스도를 믿으시고 레지오 활동을 하시다가 2000년 희년 12월 5일, 하느님의 부르심을 받으시고 건강하게 주무시다가 선종하셔서 담양 천주교 묘지에서 우리 가족을 지켜 주고 계신다.

며칠 전 부모님 제사를 모셨지만 그리운 어머님을 볼 수가 없어서 안타깝다. 제대로 효도 한 번 못해 어머님을 생각하면 가슴이 아리고 목이 멘다. 갓 스물에 혼인해 신혼의 단꿈이 끝나지도 않

있는데 핏덩인 저만을 외롭게 남기시고 죄 없이 공권력에 의해 50년 전 12월 5일 어머님과 같은 날, 희생되신 내 아버님, 지아비 잃은 불쌍한 내 어머님, 그 시절에는 반상班常의 정도가 혼인의 무게였다고나 할까?

외가와는 기울지 않는 무게가 있기는 했던지, 오랜만에 만나신 외할아버지와 할아버지는 문중 이야기로 밤새는 줄 모르셨지, 청상의 내 어머님 처지는 들먹이지 않으셨다. 가문의 굴레에 꽁꽁 묶어 두었던 것일까? 내가 성인이 되어 어머님 개가改嫁를 말씀드렸다가 혼이 난 뒤로는 다시 거론치 않았다. 자식의 앞날만을 위해 자신의 몸을 불태우고 정절을 지키신 귀한 어머님의 희생과 고초의 은덕으로 지금의 내가 있고 행복한 우리 가정이 생겼지만 잴 수 없는 그 무게 때문에 억눌렸던 모정을 생각해 보면 하염없이 눈물이 난다. 감사하고, 고마우신 어머님…,

아르키메데스가 눈으로 측정할 수 없었던 귀금속의 순도를 계측하는데 성공했으나 사람의 마음이나 미사처럼 겉으로 드러나지 않는 무한한 가치의 무게를 측정하기는 불가능하지 않을까?

부모의 마음

칠순 잔치를 자식들이 계획했다.

설 연휴가 끼어 차례 지내기 전에 돌아올 수 있는 5박 6일 태국 파타야 가족여행 코스였다. 이 나라는 프로 골퍼인 작은 딸이 전지훈련을 자주 다녔던 곳이라 지리에 밝고 통역이 가능하여 자유여행을 진행하였다. 무안공항에서 태국 방콕으로 가는 J 항공기에 저녁 9시 탑승했다. 고도가 높아지니 기류 영향으로 움직임이 심해 불안했으나 6시간 동안 어두움을 뚫고 무사히 비행해 방콕공항에 도착하니 새벽이었다. 개인택시로 2시간 고속도로를 달리니 파타야 숙소가 나왔다.

불교 유산과 야자수 나무, 볼거리, 먹을거리들이 풍부하여 세계 각국에서 모여든 관광객이 북적였다. 생동감 넘치는 도시였다. 우리나라는 아직 겨울이지만 이곳 기후는 조금 더울 정도였다. 조용하고 깨끗한 넓은 방이 쾌적하여 심신이 편안했다. 관리인들은 미소로 인사하고 아주 친절했다. 맑은 물이 수영장에 계속 공급되고 인공폭포의 고운 물소리는 물속에 몸을 담고 싶은 충동을 일으켰다.

죽이 척척 맞는 자식들은 이른 아침부터 골프장으로 향하느라 부산했다. 우리 부부는 끈 떨어진 연처럼 조금은 불안했으나 우리만을 태운 한국인 개인택시 기사가 안내하니 시간에 쫓기지 않고 마음이 한가롭고 안정되어 편안한 시간이 되었다.

처음으로 찾은 곳은 농눅 빌리지였다. 세계 10대 정원으로 선정될 만큼 인정받는단다. 큰 규모에 입이 다물어지지 않았다. 코끼리 트레킹도 했다. 육중한 코끼리 등에서 무게 중심이 움직일 때마다 허리가 휘청거리고 세 사람을 태운 코끼리가 안쓰러웠으나 작업이 끝나고 맛있는 먹이를 얻어먹기 위한 노력이겠지? 주위환경이 깨끗하지는 않았지만 새로운 경험을 하게 되었다.

다음 코스는 태국전통 의상으로 화려하게 장식한 그들만의 특유한 음악에 춤추는 몸놀림은 세계 최상이라고나 할까? 코끼리 재롱 쇼에서는 조련사가 잘 훈련한 코끼리 농구, 축구, 코에 안기는 사람들, 팁까지도 챙기고 인사하는 코끼리들에게 찬사를 보냈다.

재미있는 이틀의 시간을 보내고 태국에서만이 맛볼 수 있는 바닷가 맛집에서 그들의 향이 배어난 음식들과 생맥주 한 통이 주문되었다.

"우리 식구들이 저걸 어떻게 다 마실 수 있을까?"

식사가 끝날 때 자식들의 주량을 짐작할 수 있었다.

다음 날에는 태국전통 마사지를 받고 몸을 풀었다. 2시간 동안의 손놀림에 몸이 날아갈 것처럼 가뿐했다. '연약한 여인네의 손가락 힘이 그렇게 셀까? 맥을 짚어 주무르니 뭉친 혈이 풀려 시원할까?' 저녁은 한인촌에서 된장국에 한식과 삼겹살로 든든하게 배를 채우고 난생처음 나이트클럽을 따라나섰다. 주위를 살펴보니 내 또래의 노인은 보이지 않았다. 젊은이들 틈에 끼어 담배 연기가 자욱했지만 음악에 취한 건지 술에 취한 건지 덩실 덩실 춤까지 추며 즐겁게 지내고 있을 때, 둘째 딸이 내 귀에 대고 속삭였다.

"곧 아빠는 가장 귀한 선물을 받으실 걸."

'생일기념 팡파르가 울려 퍼지려나?'

한참 이야기꽃을 피우면서 출입문 쪽을 얼핏 쳐다보니 여행을 함께하지 못했던 장남의 얼굴이 어렴풋이 보이지 않는가? 내 눈을 의심했고, 아내는 술에 취해서 헛것이 보인 모양이라고 했다.

"작은 누나가 항공권을 끊었다며, 아빠에게 바치는 귀한 선물이 되어 달라는 청을 거절하지 못해…."

우리 식구들은 세상을 다 얻은 듯이 기뻐서 술을 마시고 춤을 추었다. 이국인들이 부르는 노래와 춤은 우리 식구들을 축하해 주는 것 같은 착각을 했다. 우리 가족들이 즐거워하는 모습을 보고 옆 테이블의 중국인들은 엄지손가락을 치켜세웠다. 열 손가락 깨물어 아프지 않는 손가락 없다더니, 4남매에서 장남이 빠진 여행은 김빠진 맥주처럼 마음 한 구석이 허전하고 아쉬웠는데….

술자리가 끝나고 숙소에 돌아오니 새벽이었다. 달리는 기차가 멈추지 않고 달리듯이 식지 않는 기쁜 기분이 다시 연장되었다. 식구들은 준비해 온 노래방 마이크로 노래를 부르고 모두 막춤을 추며 갖가지 쇼를 했다. 이튿날 동영상 파일을 살피니 배꼽 빼는 코미디 쇼가 따로 없었다.

'얌전했던 내 자식들이 어찌 이런 끼를,'

장남이 참여한 남은 일정에 밤의 엄청난 반전이 있는 알카자 쇼, 게이 바 '환락의 메카'라고 할 수 있어 다른 곳에서는 전혀 경험하지 못했던 신선한 문화충격을 받게 되었다. 산호섬을 향하면서 부둣가에서의 패러세일링은 내 나이 70, 배에 묶인 낙하산을 타고 공중을 날아보는 아찔한 순간의 스릴과 쾌감, 제트 보트를 운전해 속도감도 맛보았다. 유리알같이 고운 모래, 에메랄드 빛의 맑고 청정한 바다에서의 해수욕은 내 생애 영원히 기억될 것이다.

1967년도에 방영한 '팔도강산' 영화 한 장면이 내 마음을 대변해 주는 듯했다. 나의 칠순 잔치처럼 노부부가 회갑을 맞아 팔도에 사는 자식들을 찾는다. 속초에 사는 딸 집에서 막걸리 살 돈이 부족한 딸과 사위는 아버지 주량에 맞추어 물을 따서 대접하는 장면이 가슴을 뭉클하게 했다. 딸도 몰래 울고, 노부부도 딸 내외가 부엌에서 속삭이는 소리를 듣고 안쓰러워 울었다.

회갑연 당일에는 그 사위가 막걸리 두 병과 배를 한 척 산 계약서를 들고 행사장에 들어와서 장인께 인사하고, 막걸리를 대접한다.

"그때 막걸리에 탄 물은 정성을 탔기에 오늘 사 온 이 막걸리보다 훨씬 더 꿀맛이었다."

최희준의 팔도강산 노랫가락이 귓전에 맴돌며 내 마음을 전한다. '잘 살고 못 사는 게 마음먹기 달렸더라.' 사랑하는 내 자식들아! 현재 삶의 위치에서 최선을 다하며 열심히 살아가기 바란다.

제2장
미완성의 초상화

牧隱 詩「秋日書懷」

보증의 인연

설날 성묘를 갔다.

어머님을 위해 우리가 모두 기도를 올리니 손녀도 무어라 쫑알댄다. 그때 서산에 걸린 해는 나무의 그림자를 옮기고 있다. 그래서 다음 만날 날을 기약하며 서둘러 내려왔다. 그 길목에 희미한 이름이 새겨진 K 형 비석이 쓸쓸하게 서 있었다. 묘 앞에 서니 지난 30년 전에 만났던 형과의 인연이 내 눈 앞을 가렸다.

광주 P 초등학교에서 형과 함께 근무했다. 형은 학교의 어려운 일들을 신속하게 해결하곤 했다. 나는 보조자 역할을 하였다. 내가 일 처리를 못하고 끙끙댈 때는 유능한 직원을 동원해 일을 해 준 나의 해결사이기도 했다. 학교의 최고 멋쟁이여서 그에게 스탠드바의 여인들이 술 한 잔의 낭만을 실어다 주기에 충분하였다. 내가 보아도 멋진 사내였다.

어느 날 형은 나에게 대출용지에 도장을 찍어 달라고 부탁을 했다. 나는 영문도 모르고 선뜻 인심을 썼다. 두 달쯤 되었을 때, 은행에서 빨간딱지가 날아들어 정신이 번쩍 들었다. 그것을 재빨리 감추고 아내에게는 둘러댔다. 몇 번을 더 그런 독촉장이 집으로 날아왔다. 그렇게 5년의 세월 동안 대출금을 갚았다. 아내가 참 고마웠다.

같은 학교에서 근무하는 L 선생이 귀띔을 했다.

"요즈음 K 선생님, 여자관계로 이상한 소문이 떠돌아다니는지 신 선생님은 알고 계세요?"

"그 여선생님이 말한 소문이 사실인가요?"

"누구, 가정 파괴할 일 있는가?"

화를 내며 시치미를 뗐다.

창가에 봄의 전령사가 찾아올 때였다. K 형이 은행에서 전화를 했다. '또 보증 서 주라는 부탁일까?' 형이 다니는 병원 의사가 그의 신장은 심각한 상태라고 말했다. '신장 때문에 돈이 급할까? 여자문제 때문인가? 신장 이식은 못 해줄망정 대출 보증까지 마다하겠느냐.' 결심을 하고 은행으로 발걸음을 옮겼다.

대출용지를 살펴보니, 내가 보증인이 아니고 대출인이었다. 대출서류에 내 도장만 찍으라고 했다. 깜짝 놀랐다. 미리 확인하지 않고 승낙한 것이 나의 불찰이었다. 내가 대출인이라고 해서 대출을 하지 못하겠다고 말하지 못했다. 혈압은 내 뒤통수를 때렸다. '부부교사인데 이 정도 대출금이야 못 갚겠느냐?' 망설이다가 도장을 찍었다. 내가 대출하여 형에게 차용해 주는 방식이었다. 매월 원금과 이자는 형이 갚기로 했다. 나는 이미 불 속에 뛰어든 불나방의 신세가 되고 말았다.

3월 정기인사 때, 형과 나는 다른 학교로 전근을 갔다. 형의 가정에 어려움이 있었는지 빨간딱지가 또 날아왔다. 화가 치밀었다. K 형을 만나 대출금을 갚으라고 닦달을 하고 말았다. 그 돈 못 갚겠냐며 안색이 어두워지더니 앉았던 자리에서 일어서면서 다리를 휘청거렸다. 눈앞이 캄캄했다. 며칠 후, J 병원에 입원을 하게 되었다. 40대 초반에 사경을 헤매는 그가 눈에 밟혀 날마다 병원을 찾았다. K 형의 얼굴에 차츰 죽음의 그늘이 드리워진 것 같았다.

형은 돌아가시기 며칠 전에 신부님께 고백성사를 보고 '바오로'란 세례명을 받게 되었다. '죽음을 직감했을까?' 그 형 침대 옆에서 기도를 하고 있는데 내 손을 덥석 잡는다.

"미안하네, 계좌번호나 적어 주게."

"이 동생 돈은 꼭 갚아 주소."

아내에게 말하는 형의 눈에 이슬이 맺혔다.

형은 이튿날 한 많은 세상을 떠났다. Y 성당에서 장례미사를 드렸다. 마지막 배웅을 바라는 형의 혼령은 내 발목을 붙잡는다. 생을 마감하고 땅으로 묻히는 하관을 내가 주간했다.

그 형을 떠나보낸 어느 토요일 오후였다. 대출금을 이체했다고 사모님이 알려 왔다. Y 성당으로 급히 가서 K 형의 영혼을 위한 미사를 봉헌했다. 사모님을 뵙고 싶어 댁으로 찾아가니 그는 정신 줄을 놓은 사람처럼 나를 맞았다. 내 돈이라도 갚을 수 있어서 다행이라고 했다. 나주에서 돈을 부치고 올라오는 버스 속에서 많은 돈을 소매치기 당했다며 카드 분실신고 중이라는 것이었다. 형의 유언을 지켜준 그녀의 얼굴에는 나에 대한 미안함이 묻어 있었다.

K 형은 죽음의 고통 앞에서도 대출금을 생각하다니···. 그때 형과 맺었던 인연이 오랫동안 내 기억 속에 생생히 남아 있다.

미완성의 초상화

제사상에 영정을 모신다.

내 아버님 제사상에는 영정 사진이 없어 모시지를 못하니 주인공이 빠진 잔칫상 꼴이다. 제삿날이면 아버님 살아생전 모습 담은 영정 앞에 부자간 정 담은 술 한 잔 대접하련만 그러지를 못해 늘 마음이 서글펐다.

내가 스무 살 되던 해 제삿날, 어머님 앞에 군소리를 했다.

"어린 핏덩이와 같은 자식과 각 스물을 넘긴 색시를 두고 빨리 가시려거든 흔적이라도 남기시지 않고…."

그 소리를 들으신 어머님은 장롱 속에서 빛바랜 아버님 초등학교 졸업사진 한 장을 꺼내셨다. 마지막 남은 유품 속의 내 아버님 얼굴은 희미하여 선명하지 않았다. 눈이 뚫어지게 살펴보아도 동그란 내 얼굴의 윤곽과 비슷할 뿐이었다.

나는 그 유품을 가슴에 안고 광주로 전입해 오게 되었다. 그 유품 속에 담긴 녹두 알만한 아버님의 얼굴을 대문짝만하게 초상화로 그려서 살아계신 것처럼 제사상 앞에 모시고 그 동안 쌓아두었던 정담을 한없이 나눠 보고 싶은 소망이 컸다.

아버님 생전의 모습을 찾고 싶은 욕심에 유품 속의 사진을 크게 확대하고 선명한 조부님 사진과 내 사진, 조모님 사진, 숙부님 사진들을 챙겨 초상화 그리는 화가를 찾아갔다. 어렵게 찾은 그에게 제작 가능성을 물어보니 고개를 갸우뚱하며 사진들을 이리저리 뜯어보며, 힘들겠지만 한 달간 정도의 시간을 주신다면 완성해 볼지도 모르겠다며 반승낙을 하였다.

손꼽아 기다리던 약속한 날이 되었다. 그가 완성한 초상화는 몽타주와 비슷한 초라하기 그지없는 그림에 불과했으나 나는 귀한 보물이라도 얻은 것처럼 가슴에 고이 간직하고 한걸음에 고향에 계신 어머니께 갔다. 초상화를 보시자 어머니는 아버님이 살아오신 것처럼 반기시면서 눈시울을 적시셨다.

나는 그런 일이 있고 난 뒤, 퇴근을 하고 옆도 돌아보지 않고 그 초상화를 그려준 학원으로 쫓아갔다. '내가 아버님의 초상화를 멋지게 그려 보리라.' 첫날부터 여러 시간 동안 화가라도 된 듯이 화판에 천을 깔아 팽팽하게 핀을 박고 앙증맞은 양털 붓 몇 잎을 요리조리 움직여 그리는 연습을 했다.

그러다 어느 새 제법 모양을 잡아 갔다. 얼굴에서 으뜸은 살아 있는 눈을 그리는 일이었다. 동공 안의 빛을 하얀 점으로 나타내니 영락없이 살아 있는 사람의 눈이 그려졌다. 나에게 그리기 소질이 있었는지 서예 공부를 하고 있을 때라 필력 때문이었는지 다른 사람보다 진도가 조금 빠르다고 했다.

한 주 동안의 시간은 이목구비耳目口鼻를 완성해 준비단계를 끝냈다. 얼굴의 윤곽이 뚜렷한 링컨, 슈바이처, 슈베르트, 베토벤, 오드리 헵번 등을 그리기 시작했다. 초상화를 그리며 얼굴에서 묻어나는 그들의 인생 여정도 살펴보는 계기가 되었다.

날마다 연습했던 노력으로 이젠 아버님의 초상화를 그려 보려니 마음이 설레었다. 아버님 초상화 그리기에 몇 날 며칠 동안 기를 썼으나 좀처럼 윤곽이 드러나지 않았다. 희미한 아버님의 얼굴 윤곽만이 나의 얼굴로 착각할 뿐이었다. 원래 한국 사람의 초상화는 그리기 어렵다고 학원 원장이 일러 주었다. 당차게도 시작했던 '아버님의 초상화 그리기'작업은 미완성으로 끝이 나고 말았다.

슈베르트도 아름다운 교향곡을 미완성으로 남겼다. 그는 초기 여섯 교향곡들은 별다른 부담감 없이 편한 마음으로 손쉽게 완성했다. 그러나 베토벤이라는 거인에게 부담을 느껴 예술성을 끌어올리기 위해 의욕적으로 작곡에 매달렸으나 기대에 미치지 못하자 미완성으로 남겨 놓았다.

작곡기법의 실험을 거듭하며 몇 개의 교향곡 단편들을 남겼다. 미완성 교향곡 B 단조는 그가 남긴 단편들 가운데 가장 뛰어나며 주제 전개에 있어 훨씬 더 발전된 모습을 보여준다. 교향곡에서 그가 선언했던 '대 교향곡의 길'을 걷고 있었지만, 이미 그의 기대치는 너무나 높아져 있었을 것이다.

나와 큰딸의 소질을 닮은 것인지 외손녀가 그 작년에 S 예술고의 어려운 관문을 통과하여 그림공부를 시작하게 되었다. 초상화도 그린다고 한다. 옛날에 처음 학원 원장이 그렸던 아버님의 초상화와 내가 미완성했던 아버님의 초상화를 참고 화로 쓰도록 줄 것이다.

외손녀가 새로운 미술기법을 배워 아버님의 생전 모습을 닮은 초상화를 완성하여 제사상에 모시고 술잔 올릴 날이 오려는지 모르겠다.

행복의 근원

행복지수란?

자기 삶에서 기쁨과 만족을 숫자로 측정해보는 것을 행복지수라고 한다. 행복을 숫자로 나타내기는 객관성이 없기 때문에 무리가 따르겠지만 그래도 사람들은 자기 나라 사람들은 얼마나 행복하다고 생각할까? 행복에 관한 사항을 설문하는 나라나 기관, 단체마다 오차가 많이 생길 것이라고 생각하면서도 행복지수에 관심이 많다.

유엔 행복 보고서(2016~2017년)에서 우리나라 사람들의 행복지수는 56위/155개국(5.8점/10점)이었으며, 경북 참외재배 농가의 행복지수가 7.7점/10점으로 가장 높게 나타났다. 참외재배는 복합농업이 아니고 단일품목으로 판로와 노동력을 구하기 쉽기 때문이란다.

한편, OECD 가입국 중에서 행복지수가 높은 나라는 노르웨이, 덴마크, 스위스, 아이슬란드, 핀란드 순이다. 이 나라들이 행복지수가 높은 이유는 국민소득이 높고 복지정책이 잘 되어 있으며 여가를 조화롭게 이용하기 때문이라고 한다. 며칠 전, 인터넷 서점에서 『사방이 온통 행복인데』(이충무 저서)란 제목의 책을 사 읽고 감동한 몇 부분을 소개한다.

첫 번째는 스물을 갓 넘긴 어린 나이에 소록도를 찾은 마리안느와 마가렛 이야기이다. 이 분들이 행한 아름다운 선행은 많은 사람들이 이미 알고 있지만 우리가 예측할 수 없이 어느 날 갑자기 아무도 모르게 편지 한 통만 남기고 훌쩍 소록도를 떠난다.

"우리는 친구들을 제대로 돌볼 수 없게 되고, 있는 곳에 부담을 줄 때 본국으로 돌아가는 것이…,"

하찮은 집안 청소, 휴지 한 조각 줍는 일을 하고도 우리는 누군가에게 칭찬받기를 원한다. 베풀기는 손톱만큼 했으면서 생색은 손바닥만큼 내려 하고, 누군가를 도와주면 고맙다는 말 한마디라도 들으려 한다. 나는 여러 해 동안 레지오 활동을 하면서 당연한 임무를 해놓고 성모님이 아닌 누군가에게 칭찬받기를 원할 때가 있다. 그러나 수녀님들 같은 선행의 이야기를 접할 때마다 내 자신이 부끄럽다. 내 나라도 아닌 이국에서 젊음을 아낌없이 불살랐으면서도 그 대가는커녕, 작은 부담 하나라도 주려 하지 않는 수녀님들의 마음에 진정한 참 행복의 길이 있지 않을까?

다음 이야기는 결혼을 코앞에 둔 예비신부가 식이 취소되는 상황을 맞이하게 된다. 미리 지급한 3천 400만 원, 거금의 연회 비용을 한 푼도 돌려받지 못한다. 그런데 그녀는 노숙자 170명을 선정해 정식 초청장을 보내고 그들이 연회장에 입고 올 양복과 드레스, 교통편까지 마련한다. 끔찍할 뻔 했던 순간을 가장 의미 있는 순간으로 바꾼 그녀는 눈부시게 아름다웠다. 믿기 어려운 이 이야기는 미국에서 실제 있었던 일이다. 내가 슬플 때 누군가를 기쁘게 하는 것으로 그 슬픔을 치유하는 방법인가? 이것이 바로 우리의 인생을 멋진 파티처럼 즐기며 살아가는 비법이 아닐까 한다. 옛날에 들었던 이야기 한 토막이 생각난다. 한 임금님이 중병이 들어 백방으로 치료했으나 효과가 없고 점점 쇠약해져서 죽음에 이르게 되니 전국에 방을 붙인다. 임금님 병을 치료할 수 있는 사람은 후한 상을 내리겠다고 했다.

"나라 안에서 가장 행복한 사람의 속옷을 구해서 달여 먹으면 쾌차하실 것입니다."

어느 도사가 이렇게 말하니, 그 이튿날부터 신하들은 전국 방방곡곡을 돌며 '자기가 가장 행복하다고 생각하는 사람'을 찾아나섰다. 돈 많은 사람, 권세가, 똑똑하고 잘난 사람, 절세미인, 재주가 많은 사람…, 그러나 신하들은 그런 사람을 도저히 찾을 수가 없었다. 실망하고 장안으로 들어오던 중, 처마에 고드름이 주렁주렁한 조그마한 초가집 하나를 발견한다.

혹한으로 냉기 서린 방안에서 호롱불에 겨우 의지하며 반찬 몇 가지와 꽁보리밥을 먹고 있는 노부부를 만난다.

"혹시, 노인장은 이 세상에서 자신이 가장 행복하다고 생각하시는가요?"

"그럼요, 나처럼 행복한 사람은 이 세상에 없을 겁니다. 끼니를 굶지 않고, 보잘 것 없지만 눈비를 막을 수 있는 집도 있고 부부가 건강하니…,"

신하들은 임금님 살릴 편작을 만난 듯이 반기며,

"임금님 병을 치료하기 위해 노인네의 속옷을 주실 수 있을까요?"

"허허, 우린 그런 속옷일랑 걸치고 살지 않습니다."

필자는 영암군 한국전쟁희생자 유족들에게 새로운 정보를 교환하고, 피해 사실을 증언할 노인들이 세상을 떠나면 영원히 진실이 묻힐 것이기에 마음이 급하다. 휴일 날, 아침 일찍 찾아가 컴퓨터로 워드 작업을 정신없이 하다 보면 어느 새 해는 서산으로 넘어 간다. 일을 마무리하고 아내와 함께 월출산 기슭에 자리한 전통음식점에서 얼큰한 코다리찜에 저녁을 먹으면서 억울한 피해자들의 영령과 유족들의 명예가 회복되기를 간절히 빌어본다.

보잘 것 없는 나의 조그마한 노력이 슬픔을 안고 있는 유족들에게 희망을 안겨드리고 억울한 눈물을 닦아드릴 수만 있다면 35도를 넘나드는 삼복 무더위라도 기꺼이 그 일을 계속할 것이다.

진두찰환

진두찰환이 눈에 띄었다.

엊그제 이사를 해, 오래전 냉장고 속에 넣어 두고 혈압 때문에 자주 먹었던 환이다. 이것을 보니 할아버지 생각이 났다. 할아버지는 날씨가 좀 쌀쌀해지고 가을비라도 내리면 영락없이 매년 하시는 병이 도지신다. 수건을 머리에 칭칭 감고 방바닥과 씨름을 하셨다. 앓으시는 할아버지의 모습이 지금도 눈에 선하다.

나를 예뻐하시던 할아버지께 팔다리를 주물러 드리며 위로의 말씀을 드릴뿐이었다. 그러나 어머니는 할아버지가 드실 단방약 준비에 잰 발걸음을 하셨다. 앞산과 뒤뜰로 진두찰 풀을 찾으려고 시간을 아끼지 않으셨다. 이 풀은 진득찰이라고도 하는데 엉거시과에 속하는 희첨이라는 한해살이 풀이다. 떼어도 떼어내도 계속해서 징그럽도록 달라붙는 사람에게 진득찰 같은 사람이라고 하는데 이 풀에서 나온 말이 아닐까, 소녀들 치마 끝에 달린 레이스처럼 귀여운 연 노란색 꽃이 가을이면 가냘프게 핀다. 어머니는 이 풀을 마치 산삼이라도 된 듯, 뜯어 오셔서 정성껏 다듬은 뒤에 깨끗이 씻어 할아버지가 평소에 즐기시던 단술로 정성껏 담그셨다. 하룻밤이 지나면 그 정성은 빛을 발한다. 그 단술을 몇 그릇 잡수신 할아버지는 온 집안을 뇌성벽력과 먹구름으로 몰아치다가 갠 하늘처럼 시나브로 조용하고 맑은 얼굴을 지으셨다.

나는 공무원 건강검진에서 본태성 고혈압 판정을 받았다. 이 사실을 어머니께 말씀드리니,

"엄니가 니 약은 맹그러 줄게. 걱정 마라."

그 날 이후로 어머니는 진두찰 채취에 또 전념하셨다. 오래 보관해두고 먹어야 하니 그것을 환으로 만들어 주셨던 것 같다. 물리학자가 새로운 사실이라도 탐구한 것처럼, 의사가 희귀한 병을 치료하는 약이라도 찾아낸 듯, 내 병도 할아버지와 같을 것이라고 철석같이 믿으시고 매일 식후 반 줌 정도씩을 10년이 넘게 먹으라 하셨다. 세월이 흘러 광주로 전입해 온 어느 가을이었다. 언제 진두찰환 만들 준비를 해 두셨던지, 약이 떨어졌지 않냐며 전화를 하셨다. 내가 내려 가야 하는데 손자들이 보고 싶으셨던지 겸사해서 올라오시겠다고 하시며 약속 날을 잡으셨다. 어머니와 만날 약속을 한 날 미리 버스터미널에 도착하여 두 시간이

넘게 기다렸는데도 오시지 않으니 걱정이 되었다. '혹시 오시다가 교통사고라도 나신 것이 아닐까?' 시골에 계신 작은 어머니께 전화를 해보니 오전에 버스를 타고 서둘러 올라 가셨다고 했다. 시골에서 광주까지는 여러 번 차를 갈아타는 번거로움이 있는 것을 뻔히 알면서도 속으로 화가 났다.

"어찌하다 보니, 버스시간을 놓쳐 늦어 부렀다."

어머니는 땀을 뻘뻘 흘리시면서 버스 짐칸에서 약초 담은 자루를 꺼내셨다. 진두찰환을 먹으면서도 매월 한번 씩 내과를 갔다.

"스트레스 받을 일이 있으셨나요?"

진두찰환이 떨어져 먹지 않아 혈압이 높아졌을까? 내가 한 번 만들어 보자는 생각이 머리에 번뜩 스치자 마음이 급해져 즉시 건제국으로 차를 몰았다.

건제국 아저씨는 진두찰환의 효험에 대해 말하며 약초의 성분이 알코올에 용해되어 혈액에 잘 흡수되게 하려면 반드시 약초를 그늘에 잘 말려 막걸리와 섞어 찌고 말리기를 아홉 번 거듭해야 한다고 했다. 그 후, 아내와 함께 어머니 어깨 너머로 배웠던 진두찰환 만드는 기능을 발휘하기 시작했다. 건제국에서 사온 진두찰 약초를 깨끗이 씻어 그늘에 말리고 찹쌀막걸리는 주막에 주문을 했다. 찜통 위에 시루를 놓고 막걸리 묻힌 진두찰 잎, 줄기, 꽃을 찐 후, 그늘에 말리기를 아홉 번. 거실과 베란다에 말리니 막걸리 냄새가 온 집안에 가득 찼다. 그렇게 한 달여 동안을 그 일에 매달리며 신경을 썼다. 찌고 말리기를 거듭할수록 검은 색깔로 변해 갔다. 막걸리와 약초가 발효되면서 제법 구수한 한약 달이는 냄새가 나면서 고운 알갱이로 만들어져 갔다. 마지막으로 햇볕에 한 번 더 말렸다. 제분소에서 밀가루와 꿀을 잘 버물어 일정한 크기의 정제로 만들었다. 토끼 똥처럼 매끈한 진두찰환이 제분기 입에서 계속 쏟아져 나왔다. 그걸 보고 있는 내 혈압은 이미 안정되어 갔다.

 꿈에라도 보고 싶은 그리운 내 어머니는 19년 전에 귀천歸天하셨지만 진두찰환을 조손祖孫에게 처방해 주셨던 명의名醫가 아니던가?

치마바위의 전설

신비慎妃의 전설이다.

조선 10대 왕 연산군은 어머니 폐비 윤 씨가 흘린 피로 인해 갑자사화를 일으킨다. 또 다른 패륜 중 하나, 전국에서 미인들을 뽑아 '흥청'이라 이름 붙인 기생, 장녹수를 비롯해 극에 달하는 '흥청망청' 향락으로 날을 삼으니 정사는 딴전, 나라 꼴이 짐작된다. 이를 말리는 충신 하나 없었고 간신배들은 오히려 그의 방탕을 부추겨 당리당략에 혈안이 되었다니 어쩌면 요즈음 정치판과 닮은꼴인 것 같아 쓸쓸한 기분이 든다.

이런 연산군의 패륜을 보다 못한 성희안은 박원종, 유순정 등과 거사 일을 정하고, 거사 전야 좌의정 신수근慎守勤을 찾아 그의 마음을 떠 보았는데,

"매부를 패하고 사위를 왕으로 세우는 일에 동조할 수 없소."

그는 단호히 거절하고 만다. 대쪽 같은 그 성미? 매부나 사위나 별반 다르랴! 만약 반정에 실패하면 패가망신이 아닌가? 반정의 공기를 이미 감지하기라도 하셨단 말인가? 아니면 먼 훗날 선비로서의 자존심을 살리기 위한 불사이군의 정신이었을까? 이를 눈치채고도 남을 무장 박원종이 얼굴을 붉히며 일괄하기를,

"딸을 택할 것인가? 누이를 택할 것인가?"

좌의정 신수근의 동조 없이 반정 군은 진성대군의 집으로 몰아닥치니 다급해진 진성대군,

"말발굽 소리가 들리지 않소. 나를 죽이러 오는 것이 아니요? 저들에게 죽으니 차라리 자결하겠소."

허겁지겁 자결할 검을 찾으며 당황하여 안절부절못하고 있을 때, 신비가 침착하게 말했다.

"우리를 해하러 오는 것이면 말머리가 우리를 향해 있을 것이고, 말꼬리가 우리 쪽을 향해 있으면 서방님을 호위하러 온 것이 아니겠습니까?"

현명한 부인 신씨의 말은 옳았다. 순간적인 판단은 자결하려는 남편 진성대군을 구했다. 위기의 순간을 넘긴 그는 영문도 모르는 채, 반정 군의 호위를 받으며 궁궐로 들어갔다.

소문도 없이 느닷없이 걸머쥔 용상에 앉은 임금을 반정 공신들이 강력하고 집요하게 대들며 목을 죄어 온다. 자기들이 앞세운 허수아비 왕이기에 거칠게 항의하며 대든다.

"역적, 신수근의 딸을 어찌 국모의 자리에 그대로 두려고 하십니까?"

왕좌에 앉자마자 계속되는 폐위 종용에 시달리던 중종 임금은 자신의 난처한 사정을 중전에게 털어 놓고 마니,

"중전! 내가 비의 자리를 지켜 주지 못해 미안하오."

"마마! 왕위만 보존할 수 있다면 신첩이야 어디 간들 무슨 상관이 있겠습니까? 부디, 옥체를 보존하시옵소서."

몰래 흐르는 눈물을 훔치며 의연하게 대처한다.

지아비가 왕위에 오른 지 7일 만에 궁궐 밖으로 퇴출당하는 폐서인 신씨. 어린 나이에 부부의 연을 맺고 첫정을 나누며 애틋한 사랑을 키웠던 중종과 신비, 사랑도 지키지 못한 중종, 그저 힘없는 어린 임금에 불과했으니….

초라하게 쫓겨난 폐비 신씨, 거처를 인왕산 아래에서 친정으로 옮긴들 무슨 낙이 있었겠는가? 서슬 퍼런 반정 군의 감시 속에 그녀가 보고 싶어도 궁으로 부르지 못한 불쌍한 임금. 권력은 쥐었지만 휘두르지 못하는 나약한 임금. 폐비가 보고프면 누각에 올라 인왕산만 바라보며 하염없이 눈물을 삼킨 중종, 진정이었는지? 여염의 알콩달콩 사는 부부가 더 부럽지 않았을까?

이 소문은 폐비에게 희망의 메시지 되어 말머리와 말꼬리 방향으로 낭군 목숨 살린 기지를 또 발휘. 사랑하는 임 보이는 인왕산에 올라 평소 입었던 연분홍 치마를 바위 위에 걸치는 전설을 만든다. 행여 임 오실까? 기별 보내실까? 날 저문 줄도 모르

고 흐르는 눈물 훔치다가 어둠 깔려 하산하니, 그리운 서방님은 연분홍 치마 바라보며 달콤하고 애틋했던 사랑일랑 진정 달랬단 말인가?

한을 품고 돌아가신 지 180년 만에 효심 지극한 영조 대왕 단경왕후端敬王后로 추존하는 은덕 베푸시니 탄복할 따름이다. 천하 호령 38년이라. 무엇이 그리 두려웠을까? 열두 명의 젊은 여인들, 치마폭에 덮였단 말인가? 스물이 넘는 자식 얻으면서 애틋했던 이팔청춘의 정.

'말 한마디 지혜로 목숨 건진 일등공신. 조강지처 신비. 불쌍한 그 여인을 어찌 잊을 수 있단 말인가? 야속한 중종. 무정한 임금이여….

현몽現夢

교직 생활 20년이 되던 해였다.

시골에서 10년을 근무하고 어렵게 광주에 들어왔다. 시골에서 광주로 전입하기가 힘든 시절이었다. 같은 해에 들어온 친구 교사 네 명과 유독 친하게 지냈는데 나이가 엇비슷하였고 뜻하는 바가 같았기 때문이었던 것 같다.

교직경력 15년 차 정도가 되니 모임에서의 대화는 주로 승진 이야기이었다. 그 친구들은 벽지에서 고생을 하고 전입해 왔기 때문에 경력이 차면 쉽게 승진의 길이 열리게 되었다. 그러나 나는 승진을 크게 좌우하는 벽지 점수가 전혀 없어서 가능성이 희박했다. 친구들과 친하게 지내면서도 마음 한 구석에서는 늘 열등의식에 사로잡혀 가슴앓이를 했다. '나도 어떠한 방법을 택하던지 승진은 해야 한다.' 모임에 다녀와 늘 각오를 새롭게 했다. 머릿속에는 온통 그 생각밖에 없었다.

꿈을 이루기 위해서 책 보는 시간을 늘렸다. 시간이 있을 때마다 글 쓰는 공부도 게을리 하지 않았다. 3여 년을 준비하여 광주시 장학사 선발 시험에 도전해 보았다. 경기장에 뛰어든 투우처럼 용감하게 시험장에 나섰다. 1교시에 논술시험이 있었는데, 600자 원고지에 1,800자 분량의 글을 진술하는 것이었다.

평소 연습했던 주제가 출제되어 나름대로 정해진 시간 안에 자신 있게 작성하였다. 점검하면서 수성 펜을 오른손에 끼고 답안지를 넘기다가 펜 자국을 남기고 말았다. 답안에 글씨 이외의 다른 표기는 무효처리 되기 때문에 시험관에게 물었다.

"점검하다가 답안에 펜 자국이 생겼는데요."

600자 원고지 한 장을 나머지 시간에 다시 작성하라는 것이었다. 마음이 급하니 글씨가 엉망이 되었고 점검도 못하고 제출했다. 이렇게 실수를 하고 나니 2교시부터는 최선을 다하고 싶지 않았다. 죽을힘을 다해도 합격하기란 하늘의 별 따기인데 떨어지는 것은 당연한 일이었다. '이 길은 내가 가야 할 길이 아닌가 보다.' 포기하고 있을 때였다. 시험관 한 분이 간발의 차이로 떨어졌으니 다시 도전해 보라고 귀띔해 주었다.

그러면서도 장학사 꿈을 저버리지 않고 특수학교로의 전입을 위해 온갖 노력을 다하였다. 방학이면 쉬지 않고 대학을 찾아 연수를 받고 계절대학을 다녔다. 그 학교로만 전입되면 승진이 쉬워지기 때문이었다.

요행히도 99년 3월 그 학교로 전입이 되었다. 도저히 감당할 수 없었다. 자고 일어나니 얼굴이 돌아가는 '구안와사'에 걸리게 되었다. 모든 것을 포기하고 100여 일간 치료를 하고 있는데 또 장학사 선발 공고가 떴다. 완쾌되지 않는 몸인데도 또 도전해 보고 싶었다.

어느 날 밤 꿈을 꾸었다. 괴나리봇짐을 둘러메고 뻘뻘 땀을 흘리며 힘들게 높은 산을 오르고 있었다. 땀을 훔치며 갈 길을 살피는데 산꼭대기에 큰 묘가 보였다. '누가 저렇게 높은 곳에 조상을 모셨을까?' 혼자 중얼거리며 저곳을 쳐다보니 배를 깎아서 접시에 올려놓았고 이곳을 보니 고기를 구워서 적을 만들어 올려놓았다. 떡도 괴어 놓았다. 내가 큰 제사상에 올라온 기분이 들었다. '아! 내가 더 올라가면 죽겠구나!' 이렇게 생각하고 급히 하산하여 중턱쯤에 내려오니 앞이 훤한 아스팔트 길이 보였다. '진즉 내가 이 길을 택할 걸.' 그 길로 콧노래를 부르면서 걸으니 봇짐이 가볍고 기분이 너무 상쾌하였다.

꿈을 꾸고 나서, 힘들고 어려운 특수학교에서 근무해 승진할까? 장학사 시험을 다시 봐야 할까? 신부님을 찾기로 했다.

"시험에 합격해도 주님의 뜻, 떨어져도 주님의 뜻입니다. 기도하겠습니다."

남은 20여 일을 정리하고 준비해 겨우 합격했다. 조상님이 꿈으로 알려 주셨던 것은 아니었을까?

그 후, 장학사 시절, 큰 실수를 한 일이 있었다. 전날 밤 조상님들이 소복 차림으로 줄줄이 앉아 계신 꿈을 꾸었다. 조상님들이 꿈에 보이면 특히 행동을 조심해야 한다는데, 서툴게도 서둘러 처리했던 일이 펑크가 났던 것이다. 조심할 걸, 한 번 더 점검할 걸, 가슴을 치며 후회해 본 일이 있다.

'DNA가 같은 조상님들이 나의 중요한 일을 관리하고 계시지 않은지?'

이름에 거는 기대

내숙來淑이 아명兒名이다.

이웃 마을 부자로 잘 산 사람의 이름을 고모할머니가 붙여주셨다고 한다. 그의 운을 닮으라는 염원에서 지어 주셨을 것이다. 그러나 친구들의 놀림감이 되었다.

"내숙이는 가시네 라네!"

"얼레리 꼴레리!"

"고추도 없다네"

내 이름은 왜 여자 이름으로 지었을까? 창피하게, 그런데 초등학교에 입학하던 날 손수건과 함께 가슴에 달아 준 이름표에는 '신중재'라고 쓰여 있었다. 계급장이라도 단 듯이 기뻤다. 부모님이 호적에 내 이름을 제대로 올린 것이 천만다행이었다.

성년이 된 후 족보를 떠들어 내 이름을 확인해 보았다. 집안에 내려오는 항렬에 따라 맞게 지었으나 가운데 글자를 다음 항렬 『重』자로 지었다. 그것을 보고 아이들의 이름은 항렬대로 지을 수 없겠다는 생각을 했다.

어느 날 한 스님이 시주하기를 바라며 아내에게 아이들 이름을 묻더란다. 항렬과 관계없이 옥편에서 좋은 글자를 선택하여 부르기 쉽게 지어 불렀는데, 스님은 아이들 사주와 한자 이름을 듣고 '장남의 이름은?' 고개를 갸우뚱했다는 것이다. 이름이 좋지 않으니 반드시 개명해야 한다고 시주를 받고는 홀연히 떠났다며 아내가 걱정스러운 투로 말했다. 듣고 보니 꺼림칙했고, 나처럼 자식에게서 원망을 듣고 싶지 않아서 이름을 고쳐 주었다.

꽃다운 젊은 날이 가고 퇴직할 무렵이 되니 자식들을 필혼畢婚 시키는 일이 나의 큰 과제였다. 가까스로 퇴직 전까지 4 남매를 다 결혼시켜 내 임무는 완수했다 싶어 안심했다.

그러나 또 걱정거리가 생겼다. 손자를 볼 때가 지났는데도 소식이 없어 은근히 걱정하던 차에 장남이 잉태 소식을 전했다. 온 천하를 얻은 듯 기뻤다. 나에게는 또 다른 숙제가 생겼다.

우리 부자父子가 이름 때문에 겪는 고통은 없어야 할 터인데, 고민을 거듭하다가 성명학 책을 참고로 작명하기로 작정했다. 그 책에서 이름 첫 자는 음성 법칙에 따라야 하고 충돌하는 음이 없이 부르기가 자연스러워야 한다 했다. 한자로는 획수를 따져 보고, 만세력을 살펴서 부족한 것은 채워주면 좋다는 것이다. 이것저것 따져서 이름 두 개를 지어 주며 아비에게 고르라고 했다.

내가 지어 준 이름이라 그런지 손녀들 이름에 더 애정이 갔다. 할아버지가 염원하는 것처럼 이 사회에서 꼭 필요로 하는 인물들이 되어 주었으면 좋겠다.

이젠 나이가 들어 친구나 후배도 이름 부르기가 쑥스러워 그 사람의 직업에 최고 직책을 넣어 부르곤 한다. 늘 같이 다니는 낚시 동호인이 있다. 선배인 그들은 '신교장'하고 존경해 불러준다. 교장 직책명이 미안해서 제안을 했다.

"제가 어찌 형님들에게 신교장이라는 호칭으로 불릴 수 있겠습니까? 그러지 마시고 우리 서로 아호雅號를 부르기로 합시다."

좋은 제안이라 하여 호를 물으니 靑松, 一石, 南松, 德松이었다. 낚시를 즐기는 사람들이라서 그렇게 지었을까? 자연과 벗하는 소나무와 돌이 아닌가? 인연 중에 이 같은 인연이 또 어디 있을까? 같은 날 지은 것도 아닌데, 하면서 걸걸했던 차 막걸리 한 잔으로 우정을 다졌다.

염원을 가지며 소원을 빌거나 노력하면 이루어진다는 '피그 말리온 효과'처럼 좋은 뜻이 담긴 글자와 좋은 음파, 사랑스러운 언어로 이름을 지어 불러 준다면 또한 좋은 열매를 맺을 수 있지 않을까?

가족 수목장

벌초를 하는데 뒷다리가 따끔했다.

예초기에서 누전이 된 줄 알고 뒤를 돌아다보는 순간, 야구공만 한 호박벌이 공격해 왔다. 피할 틈도 주지 않고 대여섯 놈에게 다리와 어깨에 벌침 세례를 받았다. 정신이 아찔했다. 벌초 마무리도 못한 채 장남은 위급한 나를 Y 병원 응급실로 이송했다.

"머리에 맞았으면 큰일 날 뻔했습니다. 이미 온몸에 벌 독이 퍼졌으니 상당한 치료가 필요합니다."

독이 온 몸에 퍼져 샛노랗게 두드러기가 생겨 붓고 가려워 미칠 지경이었다. 호흡 곤란도 느꼈다. 한나절 링거를 꽂았고 일주일 약을 먹었다. 그 후부터 벌초 생각만 해도 머리가 무거웠다. 풀이 길어질 때마다 찾아가 벨 수도 제초제를 쓸 수도 없었다.

자식 대에만은 이런 고통을 안겨주고 싶지 않았다. 조상님 묘소 관리에 대한 특별 단안을 내려야 했다.

평소에 늘 그런 생각을 하던 차 수목장에 대해 알아보았다. 수목장은 1999년 스위스에서 처음 시작했으며 독일, 뉴질랜드, 일본, 영국에서 성행하고 있다. 유럽 한 나라에서는 동네 가운데 『즐거운 공동묘지』를 꾸미며 후손에게 남길 글을 비석에 새겨 나무와 함께 관리하고 있다.

우리나라에서는 2004년 고려대 김장수 교수가 처음 자기의 장기를 기증하고 시신은 화장해 수목장을 하라고 유언해 시행했단다. 이는 매장과 화장의 장점을 살려 묘지면적이 줄어드는 효과도 있고 전통문화를 훼손하지 않는 장점도 있다.

수목장은 나무 한 그루 밑에 시신 한 구의 뼛가루만을 매장하는 개인 영생목 방법이 있고, 여러 그루의 영생목으로 가족정원 형태로 꾸밀 수도 있다. 나무 주위에 갖가지 꽃을 심어 가꾸는 화단형 형태도 좋을 듯싶다. 시신을 매장하여 평장으로 하고 그 위에 나무를 심거나 기존 산림의 수목주위에 봉분이나 비석 없이 매장하는 것이 자연주의 매장법이다. 화장한 유골을 곱게 분쇄하여 환경 분해용 용기에 담아 나무 밑에 묻는 방법으로 일본이나 유럽에서 행하는 산골방법이다.

몇 년 전, 축령산에 삼림욕을 간 일이 있다. 이 숲 중앙의 임종국씨 수목장이 눈길을 끌었다. 자기가 심은 편백에 뒤덮인 숲속 가장 높은 곳에 대표나무 한 그루가 귀하게 자리를 지키고 있었다. 뼛가루는 그 수목 아래에 묻혀 나머지 생을 함께 한다고 했다. 옛날 나무 심기 어려운 조건 속에서 숲을 조성하여 나무들이 잘 자라고 있는지 망대에서 지금도 그들의 생태를 보살피고 있는 듯했다. 자연 친화적인 장묘법이었다. 사람과 나무가 상생하며 자연에서 태어나 자연으로 회귀한다는 섭리에 근거한 것이었다. 자연과 나무를 유독 사랑했던 사람의 참모습을 보는 듯하였다. 이 수목장을 보고 '나도 언젠가 조상의 묘를 이렇게 해야겠다.'는 마음을 굳혔다.

드디어 우리 가족 수목장하는 날이 돌아왔다. 이 일을 계획하고 여러 날 밤을 지새우면서 고민했다. 엄중한 일이기 때문에 두려운 마음이 가시지 않았다. 그러나 집안 어른들과 사촌 동생들이 용기를 주어서 과감하게 시행하게 되었다. 고조부님 묘부터 거대한 굴착기가 유골을 찾아 나섰다. 돌아가신 지 150여 년이 흘러서인지 몇 조각의 뼈만이 드러났다. 30여 년이 지난 조부모님 묘에서도 마찬가지였다. 기가 막혔다. 그래도 상당한 유골이 나올 것으로 생각했는데 한 줌의 유골만을 찾으니 허망하였다. 당시 명당자리를 잡았을 터인데 고작 이런 자리였단 말인가? 인간은 흙에서 나서 흙으로 가는구나! 몇 조각 밖에 남지 않는 유골은 나의 애간장을 녹였다.

그 동안 관리하지 못해 버린 밭이 잡목과 풀로 덮여 심란하기 이루 말 수 없었는데 굴착기가 위력을 발휘해 말끔히 정리해 주었다. 앞산 봉우리가 곱게 솟은 남향을 향해 반월을 짓고 20평 남짓에 잔디를 놓았다. 인고의 시간을 참아 꽃을 피우는 인내의 꽃, 절개, 장수를 상징하고 사철 푸름을 자랑하는 동백나무가 반월 중앙에 가족 대표 목으로 자리했다. 나무 밑에 조상님들의 유골을 모셨다. 자연을 훼손할 염려가 있어 함자만을 새긴 조그마한 비석을 세웠다. 반월 앞 양쪽에는 문지기 역할을 담당할 아담한 반송이 자리하고 그 밑에는 붉고 희며 분홍의 고운 빛깔의 꽃을 자랑할 철쭉이 들어섰다. 80여 평에는 과일의 왕 대추나무, 올해에도 먹음직한 단감과 대봉이 열릴 감나무, 2월이면 꽃을 보일 매화, 고향을 상징하는 살구나무를 심었다. 이렇게 자연 속에 아담하게 자리한 우리 가족 화단형 수목장은 내세의 편안한 안식처가 되지 않을까?

이제 무거운 짐을 벗어 버린 기분이다. 추석이 돌아와도 벌초할 걱정은 없을 것 같다. 우리가 죽으면 영혼은 귀천하고 그 육신은 흙으로 돌아가는 것을….

성가정의 유산

첫 학생들을 만나러 경영부를 옆에 끼고 교실로 접어드는데 예닐곱 명 아가씨들이 내 앞을 지난다. 그중에서 한 아가씨가 유독 눈에 들어왔다. 얼굴이 희고 도톰하며 둥그스름한 복스러운 맏며느릿감? 군계일학群鷄一鶴이랄까, 그녀도 나를 빤히 쳐다보고 목례를 했다. 서로 간에 눈빛이 마주 쳤다.

그녀로부터 며칠 후, 목단 꽃을 수놓은 손수건과 함께 연분홍색 연서戀書가 날아 왔다. 학교 새마을 교실에서 자수를 배우고 있으며, 외가 마을 뒷산에 있는 절 보살 딸인데 나와 사귀고 싶다는 절절한 마음을 담았다.

어느 날 외할머니께서 말씀했다.

"너와 복순(가명)이랑 연애한다는 소문이 밭고랑에 떠돌던데,"

'안 된다. 그녀가 결혼이라도 하자면 어쩌지? 신앙적인 문제로 어머니에게 불효를 저지를 것 같다는 생각이 제일 먼저 들었다.' 외갓집 동생에게 내 마음을 털어 놓았다.

"형, 뭔 그런 걱정을 다한 가, 내가 다니는 교회부흥회나 나오소. 딱 일주일이면 돼."

약속 시각을 지켜 교회에 나갔다. 삶의 큰 지표가 되는 엄청난 예수님의 말씀을 듣게 됐다. 농협 조합장까지 지내다가 지금은 목사로 활동하고 있는 그 동생이 심란했던 내 마음을 달래 주었다. 드디어 약속된 일주일이 지나 마지막 시간이 되었다. 한껏 예수님 말씀으로 가슴에 불을 지펴놓았다.

"지금부터 내 말을 잘 들으시고 판단을 내려 주시기 바랍니다. 여러분 마음에 예수님을 모셔야만 참 인간이 됩니다. 자! 선택하세요!"

크리스마스이브 예배를 마치고, 자정 무렵에 교회 부근 큰 저수지가 있는 산속으로 갔다. 거기에는 교회 신자들이 언제 왔는지 흰 한복을 입고 찬송가를 부르고 있었다. 목사님은 나를 비롯해서 하느님을 영접하겠다는 사람들에게 세례를 베풀었다. 예식 중, 차례로 물속에 머리까지 완전히 밀어 넣어 지난날의 죄인이었던 나를 죽이고, 새롭게 예수님 자녀로 탄생시켰다. 눈보라 치는 매서운 겨울 날씨였는데 기쁘고 긴장했던지 감기도 걸리지 않았다. 엉겁결에 하느님의 자녀로 탄생하여 집으로 돌아와 단잠을 자는데 '세례 받을 때 들었던 신자들의 찬송가 소리가 은은히 울려 퍼지며 아름다운 꽃가마가 하늘에서 서서히 내려

왔다. 내가 그곳에 사뿐히 올라앉자 그 꽃가마는 하늘로 쭉 끌려 올라갔다.' 깜짝 놀라 눈을 떠 보니 꿈이었다.

2년의 세월이 흘러 임지를 옮겼다. 새로운 임지에서 한 여인을 만나 오누이처럼 지내며 매일 편지를 주고받다가 어느새 연정으로 변해 3년 만에 우리는 부부가 됐다. 그렇게 신혼의 단꿈을 꾸며 내 고향 영암의 외가, 처가, 모교에서 10년 동안 아이들을 가르치며 토끼 같은 보물도 셋을 얻었다.

역사적으로 불행했던 80년, 3월에 광주시로 전입해 시골티를 벗고 또 다른 세계를 만나 멋진 교직 생활을 구성해 갔다. 시골 첫 부임지 교회에서 하느님과의 약속은 계속 이어지지 못했다. 내 생활전선에서 최선을 다해 살면서도 늘 마음 한 구석에는 영적 갈증이 도사리고 있었던, 어느 때부터 우리 가정에는 엄청난 고난이 생기기 시작했다. 아내가 원인 모를 병을 얻어 시달림을 당했다. 고통은 이루 말할 수 없을 만큼 컸다. 가정은 암흑이 되고 말았다. 칠흑처럼 앞이 캄캄했다. '하느님이 벌을 내린 것은 아닐까?'

회심回心하며 북동 성당을 찾았다. 누구의 전교도 없이 우리 부부의 순수한 성소의 길이었다. 어려운 몸을 가누며 어렵게 교리를 마치고 83년 5월 23일 90여 명 형제자매들과 함께 세례를 받고 하느님 자녀로 탄생을 했다. 제대 위해서 첫영성체를 하고, 내가 영세자 대표로 교우들에게 감사 인사 말씀을 드리고 있는데 아내가 정신 줄을 놓고 말았다. 인사말이 끝나자 아내는 깨어났다. 하느님이 아내를 크게 총애하신 표징이 아니었던가? 서서히 아내는 정상을 되찾아 갔다.

그 뒤로 농성동 성당으로 옮겨 성모님 군단에 입단해 지금까지 40여 년을 활동하고, 현재는 염주동성당에서 미약하나마 군단 지역 단장 역할을 하고 있다. 장모님을 비롯해서 아내 4남매 부부와 자식들까지 천주교 신자가 되어 함께 신앙생활을 한다.

자식들의 입교와 회두를 위해서 우리 부부는 매일 아침기도를 올리고, 저녁이면 끊임없이 가족들을 위한 기도를 잊지 않았다. 신약성경을 필사하여 자식 4남매에 가보家寶로 남겨 주기로 아내와 약속하고 필사를 시작했는데 아내는 이미 완필 했고, 나는 진행 중이다.

입교만 시키면 신자가 되는 것은 아니다. 미사 시간을 함께하여 전례를 안내해 주고, 손녀들을 끼고 돌보아 주며, 미사가 끝나면 점심을 같이 했다. 교리를 마쳐 며느리 둘과 손녀 수현이가 성탄절에 세례를 받았고, 큰 손녀 서윤이는 첫영성체를 하게 되는 꿈같은 일이 우리 집안에 일어났다.

"좋은 나무는 모두 좋은 열매를 맺고 나쁜 나무는 나쁜 열매를 맺는다. 좋은 나무가 나쁜 열매를 맺을 수 없고, 나쁜 나무가 좋은 열매를 맺을 수 없다."

내 어머니의 독실한 신심이 우리 가정을 '성가정'으로 만드는 밑거름 역할을 다해 주셨듯이 우리 부부 또한 내 자식들을 위해 주님께 매달리고 성모님께 간구할 것이다. 그럴 때, 내 자식들 또한 참 주님을 알아 모셔 '성가정의 대'를 잇지 않을까?

마시멜로의 이야기

우리 마을은 신가愼家들의 집성촌이다.

모두가 친척인 셈이다. 필자가 나고 자란 앞집에는 마을 이장 일을 맡아 보았던 부잣집 아제가 살았다. 울타리 하나 사이로 개 구멍을 뚫어서 다니니 한 집이나 다름없었다. 그 아제는 과자 사 오는 심부름을 필자에게 자주 시키곤 했다.

그 당시 마을 뒤쪽 신작로 옆에 점방이 셋 있었다. 그 중에서 윗 점방 주인, 최씨 아저씨는 필자를 귀여워해 주시고 친절하였 으며 과자를 한 개라도 더 주어서 집에서는 멀어도 꼭 그 점방에 서 과자를 샀다.

심부름 갈 때는 동전을 손에 꼭 쥐고 땀을 뻘뻘 흘리며 달려갔 다. 과자봉지를 가지고 오면서 몰래 하나 꺼내 먹고 싶었으나 꾹 참았다. 아제가 과자봉지를 벌려 보거나 남에게 보이지 말고 감추어 오라고 주의를 주었기 때문이었다. 내가 과자 심부름 하는 것을 알고 부러워하는 친구도 있었다. 그런 어렵고 힘든 유년시절을 보내고 중·고등학교 다닐 때도 삶이 어렵고 힘들기는 마찬가지였다. 가을철의 휴일이면, 4km가 넘는 산에 올라가서 땔감을 해 와야 했다. 소나무 잎은 갈퀴로 긁어 모우고 마른 풀은 낫으로 베어 나무둥지를 만들어 지게에 짊어지고 비탈진 산길을 내려와야 했다.

어린 시절 아제의 과자 심부름 했을 때에서 '마시멜로 이야기'를 생각한다.

미국 스탠퍼드 대학의 월터 미셸 박사는 600명 아이들을 대상으로 한 '마시멜로 실험'에서 놀라운 사실을 발견했다. 그는 실험에 참가한 네 살배기 아이들에게 달콤한 마시멜로 과자를 하나씩 나누어주며 15분 간 마시멜로 과자를 먹지 않고 참으면, 상으로 한 개를 더 주겠다는 제안한다. 그 결과 실험에 참가한 아이들 중, 3분의 1은 15분을 참지 못한 채, 마시멜로를 먹어치웠고, 3분의 2는 끝까지 기다림으로써 상을 받았다. 그런데 정작 놀라운 사실은 그로부터 14년 후에 밝혀졌다. 당시 마시멜로의 유혹을 참아낸 아이들은 스트레스를 효과적으로 다룰 줄 아는 정신력과 함께 사회성이 뛰어난 청소년들로 성장해 있었다. 반면 눈앞에 마시멜로를 먹어치운 아이들은 쉽게 짜증을 내고 사소한 일에도 곧잘 싸움에 말려들었던 것이다. 10여 년 전의 작은 인내와 기다림이 눈부신 성공을 예비하는 강력한 '단서'로 작용한 것이다.

이 이야기에 '찰리'가 나온다. 백만장자 '조나단' 운전기사 일을 하는 그는 간식 먹는 시간을 기다리지 못해 샌드위치를 사먹는다. 이를 본 '조나단'이

"시간이 되면 간식을 주는데 왜 참지 못하느냐?"

꾸짖으며 '마시멜로 법칙'을 설명해 준다. 지금의 유혹을 참으면 그 유혹들은 나중에 더 큰 보상으로 돌아온다며 매일 마시멜로 하나씩 주고 몇 개까지 모으는지 본다는 조건을 제시한다. 유혹을 참아내며 정해진 개수를 모으니 '찰리'에게 대학등록금을 보태주어 그는 대학공부를 마치고 학교에서 학생들에게 '마시멜로 법칙'을 가르치게 된다.

마시멜로 이야기는 삶의 행복과 성공의 진정한 의미를 전하는, 유쾌하고 흥미진진한 우화를 담고 있다. 이 책의 저자 포사다는 '마시멜로 실험'의 놀라운 결과를 '성공'을 향한 힘찬 출발점으로 삼고 있다. '성공'이라는 단어를 전혀 새롭고 특별한 차원에서 조명한 것이다. 성공으로 가는 길목에는 수많은 유혹들이 존재할 것이다. 하지만 이 같은 유혹들을 견디고 성공을 이룬 사람들의 표정은 매우 행복할 것이다. 그들은 수많은 유혹들을 고통과 쓰디 쓴 인내로 통과한 것이 아니라 '즐거움'으로 극복했기 때문이다. 따라서 '성공은 고통과 시련의 대가가 아

니라 즐거움과 행복의 대가'일 것이다. 마시멜로 이야기는 새로운 삶을 꿈꾸는 사람들에게, 새로운 성공을 준비하고자 노력하는 사람들에게 지금껏 느껴보지 못한 각별하고 즐거운 '유혹'일 것이다.

요즈음 청소년들은 참을성이 부족하고 조금 어려운 일이면 하지 않으려고 한다. 문명의 이기인 컴퓨터의 발달과 휴대전화, TV 등은 빠름을 최고의 가치로 삼기 때문에 진지하게 생각하거나 고통의 미덕을 알지 못한다. 눈앞의 즐거움과 여흥을 이기지 못하는 것이 아쉽기만 하다. 뒤에 다가오게 될 보상을 볼 수 있는 법을 배우면 그 과정과 결과는 확연히 달라질 텐데….

1초라도 생각해

천둥·번개가 단잠을 깬다.

1967, 68년엔 그렇게 원망스럽던 하늘이 태풍과 장마로 우리를 꾸짖는다. 그칠 줄 모르는 코로나 19는 어제 열일곱 명을 '광주 확진자'라 이름 붙였다. 얼마나 많은 사람을 희생시키고 귀양살이를 풀까?

만사가 결과에는 원인이 따르는 것을 우리는 눈치채지 못 하는가? 네 탓인가? 내 탓일까? 산꼭대기에 배를 짓는 노아를 보고 그 시대 사람들은 얼마나 그를 비웃었을까? 대 홍수가 터져 수장되던 날 후회했겠지….

거대한 땅덩어리이지만 우리가 숨 쉴 산소가 필요하고, 육체를 지탱할 영양소를 요구하고, 너와 내가 나눌 사랑이 끈이 절실하고, 사회질서를 바로 세울 서로의 약속을 지켜야 하듯, 그게 필요한 것은 아닐지? 그래야 젊어져 줄 텐데, 문명의 발달을 만끽하느라 우리의 땅이, 바다가, 하늘이 얼룩져 가는 것을 망각한 우리의 잘못인 걸, 생각을 바꾸지 않는 한 지구는 계속 신호를 보낼 것인데, 강한 태풍과 폭우로 지진과 바이러스로 혼쭐을 낼지, 남 탓할 것 없다.

유리병 한 조각이 녹아 자연으로 돌아 갈 때 얼마나 많은 시간이 필요할지? 무심코 버린 담배꽁초 하나가 지구를 얼마나 오염시킬지?

'1초라도 생각하자.' 그러지 않으면 지구는 우리에게 은혜만을 베풀지 않을 것이라.

제3장
마음 관리의 지혜

복은검소함에서생기고덕은겸양에서생기며재앙은많은욕심에서오고
죄는참지못하는데서생기나니이익없는말을실없이하지말고덕이있
는사람을받들며지혜로운사람을가까이하고내몸매우없음이없음을뻣하
지말며남을손해하면마침내그것이자기에게돌아오고세력을의지
하면도리어재화가따르나니이글을읽고마음에새겨서다갈이영원
을살아갈지어다 임진년시월마지막날마음을다스리는글로쓴다 덕초謹

사람은 말로 평가된다

주일미사 독서 내용이다.

『체로 치면 찌꺼기가 남듯이 사람의 허물은 그의 말에서 드러납니다. 옹기장이의 그릇이 불가마에서 단련되듯이 사람은 대화에서 수련됩니다. 나무의 열매가 재배과정을 드러내듯이 사람의 말은 마음 속 생각을 드러냅니다. 사람은 말로 평가됩니다.』

신부님은 강론했다.

"무력폭력보다 언어폭력이 훨씬 더 상대의 가슴을 후벼 파고 그 상처가 오래갑니다."

몇 주 전에 황당한 편지 한 통을 받았다. 사실이 아닌 오해가 빚어낸 말의 연속이었다. 내 가슴을 도려내는 무시무시한 언어폭력이었다. 도저히 감당하기 어려웠다. 일상의 일을 처리할 수 없었다. 물만 마셔도 전부 설사하고 정신은 몽롱하여 삭여지지 않아 잠을 잘 수도 없었고, 탈진상태가 되었다. 병원 신세를 지고 링거와 진정제를 맞아 며칠 만에 정상을 되찾았으나 지금까지도 마음은 평화롭지 않다.

언젠가 읽었던 K 신부님의 '살아 있는 피리' 수상 집 이야기 한 토막이 떠올랐습니다. 사이 나쁜 시어머니와 며느리가 있었는데 사사건건 트집 잡아 입에 담지 못할 고약한 말로 간섭하고 동네 사람들에게 며느리 흉을 보았다. 이를 참지 못한 며느리는 분노와 미움이 가득 찬 끝에 독한 마음을 먹고 의원을 찾아가 시어머니를 독살할 약을 달라고 호소하였다.

"이 약을 한꺼번에 드리지 말고 일 년 동안 나누어서 매일 떡에 섞어 드리면 늙어 죽듯이 아무도 눈치 채지 못하고 죽을 것입니다."

회심의 미소를 지으며 의원의 지혜에 감탄했다.

이튿날부터 하루도 거르지 않고 그 일을 했다. 시간이 흘러도 시어머니는 그 효성을 믿지 않고 더 극성스럽게 며느리를 가섭하고 심술을 부렸으나 변함없이 찹쌀떡을 정성껏 대접하니 감복하지 않을 수 없었다. 고약했던 시어머니도 급기야 며느리를 칭찬하는 말로 동네에 소문을 내어 고부간 갈등이 점점 해소되어 갔다.

드디어 일 년이 가까워졌다. 미움이 없어진 며느리는 자기의 불효막심했던 죄를 뉘우치면서 다급히 의원을 찾아가 이번에는 시어머니 몸에 든 독을 없애기 위한 약을 달라고 애원했다.

"아무 걱정 마시오. 그때 그 약은 밀가루이었소."

의원은 웃으면서 미운 놈에게 떡 하나 더 준다는 격언처럼, 우리에게 미움이 싹틀 때 오히려 사랑과 자비로 보상해 준다면 결과는 선으로 끝날 것이다. 미움과 질투는 하면 할수록 더 커져서 미움은 미움을, 질투는 질투를 낳아 상처받고 자신이 파멸에 이른다고 했다. 말 한마디로 천 냥 빚도 갚는다고 하지 않는가? 따뜻한 위로의 말 한마디는 죽어가는 사람도 살릴 수 있다고 했다.

어떤 부부가 싸움을 하면서 남편이

"입 다물어!"

한 마디 말에 30년을 그의 아내는 입을 열지 않았다고 한다. 상대방을 비방하는 한마디의 말은 평생 동안 치유되지 않을 수도 있다. 말 중에서도 사실이 아닌 유언비어나 사람 사이를 이간질하는 말, 사실을 부풀어 비방하거나 욕하는 것이다. 대게의 송사는 상대방의 약점을 노려 있지도 않는 이야기를 사실처럼 거짓말을 퍼트리는 일이 아닐까? 당하는 사람은 너무 괴롭고 무서운 일이다. 한 번 들을 때는 아니겠지 했다가도 그 말을 자주 듣게 되면 혹시나 사실이 아닐까? 어떤 몰지각한 정치인은 말 한마디 툭 던져 온 국민의 마음을 들끓게 하기도 했다. 인터넷상에 떠도는 가짜뉴스들은 나라가 망하더라도 소용이 없을 듯, 기승을 부리고 있는 현실이다.

다음 주, 13일에는 우리 고장에 농협 조합장을 뽑는 날이다.

그 직책이 무엇이기에 그렇게도 매력이 있는 지 모르겠으나 서로 죽기 살기로 당선되기 위해 상대를 비방하고 옳은 판단을 하지 못하게 선거판을 흐리는 출마자들이 있다. 금품을 수수하고 상대를 모함하며 갖가지 없는 말을 지어내어 자기를 유리하게 하여 당선되려고도 한다.

이번 조합장 선거에서는 상대를 헐뜯는 말과 비방을 하지 않고 자기의 진실한 포부와 비전을 공약으로 제시하는 인물을, 자기 잇속보다 우리 지역 농민의 손과 발이 되어 살기 좋은 영암을 만들 수 있다고 말하는 사람을 선택했으면 하는 바람이다.

무학대사와 이성계의 농담 따먹기 일화는 유명하다. 군신君臣 간, 격 없는 대화를 하기로 해, 이성계는 무학대사에게

"이 돼지 같은 놈아!"

그에 답하여

"부처님 같으신 분."

이성계가 나는 대사에게 격이 없이 농담을 하자고 했는데? 그렇게 답을 하느냐?

"부처 눈에는 상대가 부처로 보일 뿐…,"

자신의 눈 속에 있는 들보는 보지 못하면서, 상대의 눈 속에 있는 티만을 지적하는 것은 위선자들이나 하는 짓이다. 선한 사람은 선한 말을 내어 놓는다. 그런 사람은 반드시 좋은 열매를 맺게 될 것이다.

기승을 부리는 보이스피싱

휴대전화가 울린다.

음악이 경쾌했으나 모르는 전화번호라 망설이다 주차를 잘못해 놓았다는 전화일지 몰라 받아보았다.

"저는 S 지방검찰청에 근무하는 L 수사관입니다. 신○○씨지요?"

검찰청이라니 깜짝 놀라서 응대하지 않을 수 없었다.

"주민등록번호가 ○○이고, 모 초등학교에 근무한 적이 있지요?"

"그렇습니다만..."

"김 아무개라는 사람을 알고 계십니까?"

"잘 모르는 사람인데요."

"그가 선생님 이름으로 대포통장을 만들어 1억2천만 원을 대출해갔습니다. 선생님을 비롯해 200여 명의 정보로 사기대출을 했습니다. 그는 필리핀에서 불법도박을 하다 체포되었습니다. S 지방검찰청 수사대가 대출받은 금액 일부를 국고로 환수시켰어요. K 은행과 J 은행에서 대출하여 이 사람에게 준 사실이 있으신가요? 지금 대화내용은 전부 녹취되고 있습니다. 거짓말 하시면 안 됩니다. 그러면 선생님의 사기 대출 건은 막을 수도 없고 피해가 더 커집니다. 이미 선생님의 정보가 유출되어서 또 다른 피해가 생길지도 모르는 일입니다. K 은행 7천800만 원, J 은행에서 4천200만 원 불법 대출사기, 사건번호는 2016호 7천736번입니다. 지금 선생님을 소환하여 수사를 해야 하는데 가능하면 유선 상으로 간이 종결을 하려고 그럽니다."

"전화하신 분의 번호로 제가 다시 전화하겠습니다."

불쾌하고 기분이 나빴으나 조금은 맞는 정보도 있는 것 같아 황당한 마음을 감추고 침착하게 응대했다.

"검찰청에서 할 일 없어 이런 전화를 하겠습니까?"

뜸을 들이더니 검사실 내선으로 연결한다고 했다.

"저는 S 지방검찰청 H 검사입니다. 금방 L 수사관에게 자세한 이야기는 들어서 아시겠지요. 더 이상 사건이 번지지 않도록 조치하기 위해서 그럽니다. 어디까지나 선생님을 돕고자 하는 일입니다."

"지금 무슨 말을 하는 거요?"

"왜, 의심스럽습니까? 대한민국 검사가 할 일 없어 이런 전화를 하겠어요? 선생님 이름으로 유출되었다니까,"

"내가 유출했나요? 확인해보고 연락할게요."

"집 전화로 연락하시고 휴대폰은 끊지 마세요."

눈치를 챘는지 영장 받고 검찰청으로 출두하겠냐고 강하게 다그쳤다. 전화를 끊지 않고 아내를 불렀다.

"여보!! 김 아무개란 놈이 내 이름으로 1억2천만 원 대출사기를 쳤다는데…,"

아내는 깜짝 놀라며 급히 전화를 하니 정말 S 지방경찰청 민원실에서 전화를 받는다고 하면서 놀라지 말라고 당부한다는 것이다.

"요즈음 전화번호 뿐만 아니라 검사, 수사관 이름, 위조공문, 가짜 검찰청 홈페이지까지 만들어 속이는 사기꾼들이 기승을 부립니다. 조심하십시오."

혹시나 하는 마음에 전화를 주고받는 동안 황당했으나 거짓으로 밝혀지고 해프닝으로 끝나 다행이라는 생각이 들었으나 왠지 기분이 씁쓸하기만 했다.

또, 몇 년 전 집무실에서 전화 신호가 울려 친절하게 받았더니 난데없이 모텔에 간 일이 있냐는 것이었다. 들어갈 때 차 번호를 사진 찍어 놓았다는 것이다. 내 차종이 무엇이며 차 번호, 날짜와 시각을 대라고 하니 꼬리를 내리며 죄송하다고 했다. 호통을 치고 끊은 일이 있었는데 매우 마음이 불쾌했다. 공공기관에까지 이런 전화를 하다니…

영암신문 3월 22일자 4면에 보도된 내용에 의하면, '보이스피싱범 검거 유공 금융기관 직원'을 영암경찰서에서 표창하여 지역민의 귀감이 되었다. 금융기관 A 씨는 지난 3월 8일 오후 CD기에서 보이스피싱 피해자로부터 편취한 현금 5천만 원을 CD기에 입금하던 피의자를 수상히 여겨 경찰에 신고하여 범인을 검거하고 피해금 3천600만 원을 회수하는데 기여한 기염을 토했다.

나는 계좌번호나 피해 입을 만한 정보를 제공하지는 않았지만 내 이름, 주민등록 번호, 근무처 등을 알고 있었으니, 블로그와 카페에서 정보가 유출되었을지 몰라 몇 년 동안 모아두었던 귀중한 자료들까지 깨끗이 삭제해 버리고 말았다.

그 뒤로도 두어 번 더 이런 레퍼토리의 전화가 왔으나 이젠 웃음이 나왔다. 그러나 이런 사실을 전혀 모르고 처음으로 접한 시골 노인들은 얼마나 놀라겠는가? 그리고 만약 피해를 입는다면 얼마나 가슴 아픈 일인가? 보이스피싱에게 피해를 당하지 않으려면, 대출 처리 비용 등을 이유로 선 입금을 요구하거나, 저금리, 정부 지원 대출 상품이 가능하다며 선입금을 요구할 때, 검찰, 경찰, 금융감독원 안전계좌로 이체를 요구할 때, 계좌 비밀번호, 인증서 비밀번호를 요구하거나, 가족을 납치했다고 협박하며 금전을 요구할 때는 당황하지 말고 무조건 전화를 끊고 국

번 없이 112, 118, 1132로 신고해야 한다.

"난, 그런 일은 당하지 않아"

장담할 일 만은 아닌 것 같다. 똑똑한 기관장도 수억을 당하는 요지경 세상이 아닌가, 전자상의 거래가 성행하는 앞으로의 시대에서 이런 수법보다 훨씬 더 깜빡 속아 넘어갈 사기꾼들이 넘쳐날 텐데….

얼굴

내 별명이 촘베였다.

얼마나 얼굴이 검었으면 콩고의 흑인정치가 이름이 붙었는지는 모르겠다. 지금 생각해 보면 그 정도로 검은 얼굴은 아니었지만 별칭이라서 피부색이 조금 검어 과장되게 빗댔던 것 같다. 고등학교 3년 동안 농장 실습지에서 작물을 재배하고 축사에 짐승들을 돌보느라 머슴살이처럼 농사일을 하며 학비 감면을 받았기에 다른 친구들보다 얼굴이 검을 수밖에 없었다.

가정에서도 얼마 안 되는 농토로 소농小農이었으나 연로하신 조부모님과 어머님의 몫으로는 농사일이 버거우셨기에 휴일이면 내 손길을 필요로 했다. 그때마다 농장에서 쏟아지는 자외선은 내 얼굴을 더욱 검게 태웠던 것 같다.

교직 햇병아리 시절, 너무 어린 나이이어서 좀 더 나이 들게 보이려고 포마드 기름을 머리에 바르고 머리칼을 뒤로 넘겼다. 남보다 넓은 이마에 까만 얼굴이 어른스러워 보이지 않았을까 싶다. 두 번째 발령지는 영암군에 인접한 6학급 규모의 G 초등학교이었다.

그 학교에서 가까운 Y 마을에서 하숙을 하고 있을 때, 유일한 총각 선생이라서 아가씨들의 입방아에 오르내렸던 것 같다. 제랑弟郎이라도 삼고 싶었던지 그녀의 언니는 광주에서 공부하던 동생이 집에 오니

"학교에 가서 6학년 까무잡잡한 선생님의 얼굴이나 한 번 보고 오너라."

그녀는 호기심에 교실 안에서 수업하고 있는 나의 얼굴을 처음 보았는데 도저히 맘에 들지 않았다고 했다. '20대 젊은 총각 선생님의 얼굴이 왜 저렇게 검을 수 있을까? 언니의 호의적인 선전이 틀렸다.'라는 생각이 들면서도 계속 관심을 가지고 지켜보았단다.

그 이듬해 그녀 여동생을 담임하게 되어 학예발표회 하던 날, 나는 그녀 얼굴을 처음 보았다. '저 정도의 얼굴을 지닌 여인이라면 장래 괜찮겠다.'라는 생각이 들어 호감을 느끼고 마음에 두었다. '내 짝이 된다면 얼마나 좋을까….'

나는 불우한 가정환경에 우울한 젊은 날을 보내고 있어 늘 그늘지고 검기까지 한 얼굴을 지녔지만, 그녀는 가정이 부유하고 많은 형제간들 틈 속에서 자라서 늘 명랑하고 밝은 얼굴을 지녀

서 내가 더 호감을 느끼게 된 것이다. 그런 내 마음이 얼굴에 나타났는지 편지가 오가고 월출산 자락이 데이트 장소를 제공해준 은덕으로 까만 내 얼굴과는 상관없이 3년의 세월은 서로 마음을 여는 사랑의 끈이 우리를 부부로 만들었다.

연분의 고리는 자식 넷, 기르고 가르쳐 필혼시킨 세월이 강산을 다섯 번이나 변화시켰다. 그 곱던 아내의 얼굴에 잔주름을 선물했고, 나도 희끗희끗해진 머리칼과 얼굴의 잔주름이 늘어만 간다. 삶의 아름다운 계급장이려니 한다.

"반백의 노인이 더 멋있던데요."

늙음을 자연스럽게 받아드리는 아내가 고맙다.

요즈음 검찰청 현관 저지선에 걸음을 멈추고 서서 사진기자들의 카메라 앞에 얼굴을 추켜든 모습들을 자주 보게 된다. 하나같이 준수하고 잘생긴 얼굴들이다. 당당하게 서서 플래시를 받는 얼굴들, 수 억 내지 수백 억 짜리 얼굴들이다. 배임, 횡령, 알선수뢰, 그런 범죄형의 얼굴이 내 눈에는 그저 당당한 지도자의 얼굴로만 보일 뿐이다. 그들이 거기서 비열함을 애써 감추고 떳떳한 체 플래시를 받고 서 있는 동안 나는 그들의 혐의를 인정하고 싶지 않다.

이 세상을 떠들썩하게 했던 이 나라 최고의 정치인과 한 여인, 젊은 시절 미소 띤 밝은 얼굴과 웃는 얼굴은 참 귀엽고 예뻤던 것 같다. 그토록 아름다웠던 그들이 왜 그렇게 변했는지 알 수가 없다. 순수하고 착하게 욕심 부리지 않고 살았으면 얼마나 곱게 늙어갈까….

　에이브러햄 링컨은 '사람은 나이 40이 되면 자기 얼굴에 책임을 져야 한다.'라고 말했다. 진실하게 살아 보려고 한결같이 노력한 사람의 얼굴에는 분명 진실한 표정이 깃들 것이다. '인간의 얼굴은 그가 가지고 있는 덕의 일부다.'라고 미국 여류 작가 올코트가 말했다. 얼굴은 그 사람 과거 생활사와 정신의 기록이며 역사라고 본다. 삶을 천국으로 만드는 것도 모두 내 작품이며 천사의 얼굴을 짓게 하고 악마의 얼굴을 짓게 하는 것도 우리의 마음에 달려 있다고 본다. 천국은 네 마음속에 있다고 예수님은 갈파하지 않았던가….

　남에게 비친 내 얼굴은 어떤 얼굴이었는지, 내 얼굴을 볼 수 있는 것은 거울이 아니라 내 마음이라고 생각한다. 내가 만난 무수한 사람들 앞에 비친 내 얼굴은 어떻게 보였을지, 내 얼굴이 참되고 착하고 아름다운 것을 보여 주었는지, 거짓되고 악독하게 보였는지, 한 번 더듬어 보아야겠다. 아름다운 마음가짐 없이 아름다운 얼굴은 없을 것이다. 진실하고 착한 고운 마음이 아름다운 얼굴을 만들지 않을까 한다.

　내 이웃이 내 얼굴에서 화평을 찾아 기쁘고 즐거움을 맛볼 수 있도록 내 마음을 아름답게 가꾸며 살고 싶다.

큰삼촌의 수구愁懼

한국전쟁 때 일이다.

전쟁은 온 나라를 피바다로 물들였다. 큰삼촌은 4남매 중, 둘째로 선친先親의 동생이었다. 다른 친구들보다 좀 똑똑해서 조부모님의 사랑을 독차지하였다. 가난하였지만 행복하게 살던 중, 전쟁의 폭풍이 불어 우리 가정은 풍비박산風飛雹散이 나고 말았다.

좌우사상의 충돌은 남녀노소를 막론하고 반대편 사람은 무자비하게 죽이는 그 무서운 상황에서 큰삼촌도 휘말리고 말았던 것이다. 어느 편이 살아남기 위한 방편인지 판단할 수 없었던 때였다. 국가의 강력한 힘은 큰삼촌을 흔들고 말았다. 앞으로 불어닥칠 불운을 예측하지도 못한 채, 보도연맹(1949년 4월 좌익 전향자를 계몽·지도하기 위해 조직된 관변단체)에 가입하였다.

당시는 남보다 야무지고 앞장 설만 한 사람들은 모두 가입 당했다. 마을별로 할당하여 이장이 가입시키고, 취직을 시켜준다든지, 식량·고무신을 준다는 등의 달콤한 말에 꼬임을 당해 가입하게 되었다. 북한 괴뢰의 포성에 산천이 갈기갈기 찢기고 피난민은 늘어만 갔다. 온 나라는 붉은 물이 들어갔다. 중과부적인 국군의 힘, 젊은 학도병까지도 삼키기를 마다하지 않았다.

"서울시민 여러분, 안심하고 서울을 지키시오. 적은 패주敗走하고 있습니다. 정부는 여러분과 함께 서울에 머물 것입니다!"

육성 방송을 틀어놓은 채, 대통령과 정부 요인들은 남행 열차를 타고 대구, 부산으로 도망을 갔다. 내 편으로 편 가름해 유용하게 쓸 동량으로 조직한 보도연맹원들에게 천인이 공노할 대통령의 학살 명령이 떨어졌다. 국가의 공권력이 약화하니까 이승만 정권은 오직 정권유지를 위한, 아니 나라의 위기관리 쪽인 학살로 대체했다. 전국의 당원들을 국가의 공권력은 조국 산천에 집단학살을 하고 말았다. 남녀노소를 가리지 않고 가차 없이 죽였다. 빨갱이, 빨치산으로 돌변할 가능성이 크다는 이유였다. 보도연맹에 가입한 것 외에 무슨 죄를 지었는지 모르겠다. 하소연 한마디 해보지 못하고 전국에서 20여만 명이 죽어가야만 했다. 국가가 죄 없는 민간인을 사살했으니 하늘이 놀라고 땅이 울일 아닌가? 7월 22일 영암군도 100여 명이 희생되었다.

내 큰삼촌도 그렇게 무참히 학살당했다. 우리 가족들은 또 다른 피해가 염려되어 총살 현장에 접근하기도 두려워 공포에 떨었으나 어떻게 하든지 시신은 수습해야 하기에 조부모님과 식구들이 큰삼촌 시신 수습에 나서지 않을 수 없었다고 한다. 백여구 시신이 서로 뒤엉켜 수습에 어려움이 컸다고 한다.

총살 후, 살아남기 위해서 부둥켜안거나 총탄에 피투성이 된 모습을 보고 치를 떨었다고 할머니는 증언했다. 총살당한 자들은 흰옷이 흙과 피로 범벅이 되어 얼굴 보고는 시신을 찾을 수 없었으나 평소 검은색 양복을 즐겨 입은 큰삼촌은 쉽게 눈에 띄었으며, 노랑 혁대는 시신을 확인시켜 주었다고 한다. 선산에 모실 여유도 없어 소나무 밑에 급히 안장을 했다고 작은 삼촌은 눈시울을 적셨다.

큰삼촌을 보도연맹에 강제로 입당시켜 무참히 죽인 것도 부족해 내 아버지까지 연행해 죽음으로 몰았다. 내가 고향 모교에 근무할 때, 여름방학 중, 연가를 내고 월북을 하지 않았느냐는 것이었다. 광주로 전입해 도 교육청에서 내 인사기록부 원본을 보니 빨간 글씨로 '보도연맹원, 부역혐의자 가족' 요주의 인물 딱지가 붙어 있는 것을 확인하고 깜짝 놀랐다.

나는 2006년 말, 아버지와 큰삼촌 사건을 접수했다. '진실화해위원회'는 두 분의 진실을 밝혔다. 국가를 상대로 법정투쟁을 벌였다. 일 년이 넘는 투쟁 끝에 증거 불충분으로 법원에서 패소하고 말았다.

"내 민족이여! 우리 국민이여! 이럴 수가 있답니까?"

하늘이 빨갛게 물들도록 울어도 끝이 없었다. 사실들을 다시

상세히 밝히는 구체적인 진술서, 탄원서, 사실증명서를 제출했다. 증인 신청을 하여 시신 수습 현장을 목격했던 작은 숙부님이 사실들을 전라도 사투리로 웅변하듯이 낱낱이 증언했다. 또, 통계청에서 작성해 두었던 사살자 명부를 찾아 증거자료로 제출했다.

"○억○천만 원의 금액을 기간 안에 지급하라!"

지루한 법정싸움은 끝이 나고 진실규명과 명예회복, 배·보상이 이루어졌다. 한국전쟁은 어언 69년의 세월이 흐르고 있다. 전국의 수많은 한국전쟁 희생자들의 원혼이 구천을 떠돌고 그 유족들은 진실규명을 위해 지금도 몸부림치고 있다. 우리 부모·형제, 자매는 어떤 죄를 지어 누가 가해를 했을까? 어떻게, 왜, 어디에서, 어느 날 죽어가야만 했는지? 이 억울한 사실들을 지금이라도 속 시원하게 알고 싶다. 그러나 말하지 않는 과거역사는 현재역사의 진행으로 숨어 꿈틀거리기 때문일까? 우리는 알아야 한다. 아니 알고 있다. 위정자는 국민의식을 깨끗이 정리해야 할 의무가 있다. 우리 모두의 일이니까, 그것이 곧 역사의 정답이다.

---

*수구愁懼 : 근심하며 두려워 함

마음 관리의 지혜

장학사 때의 일이다.

15년 전, L 초등학교에서 영재 학생 선발시험을 치러 채점관리를 하는 밤늦은 시간이었다. 그때 지역교육청에서 주관하여 방학 동안 실시하는 영재교육 프로그램은 학생들에게 인기가 아주 높았고, 학부모들의 관심도가 컸기 때문에 학생선발부터 매우 까다로웠다. 그 담당 장학사로서는 출제, 평가, 채점, 발표, 프로그램 진행까지 신경이 많이 쓰이는 막중한 업무가 아닐 수 없었다.

당시 장학사 업무가 낮에는 민원전화 받느라, 담당학교 관리하랴, 정신이 없고, 밤에 주로 업무를 처리하는데 며칠 동안 밤늦게까지 밀린 사무 처리를 하다 피로가 누적된 과로 탓이겠지 했다. 다시 몸을 추스려도 내 마음대로 되지 않고 어지러우며 기운이 빠졌다. 식은땀이 났다. 숨쉬기도 곤란하고 가슴에 통증이 느껴졌다.

채점 업무를 처리하던 선생님이 쓰러져 가는 나를 H 병원 응급실로 급히 이송했다. 날이 새도록 채점하고 내일 아침에 합격자를 결정하여 발표해야 민원이 생기지 않을 텐데 낭패였다. 다른 장학사가 대신할 수도 없고 선생님들에게 맡길 수도 없는 일이었다. 내가 결과를 점검하여 최종적으로 교육장님 결재를 얻어 교육청 홈페이지에 합격자를 발표해야 하는데 큰일이었다.

그러나 숨을 쉬지 못할 정도로 몸이 불편하니 어쩌겠는가, 하룻밤 병원 신세를 지고 그 이튿날 오후 늦게야 퇴원했다.

"선생님, 이 몸 상태를 치료하지 않으면 돌연사해요. 아주 무서운 병입니다. 치료하지 않으면 크게 후회하게 됩니다. 꼭 치료받으세요."

의사 선생님이 신신당부를 했다.

그런 일을 겪은 후에도 바쁜 업무를 핑계 대며 병원치료를 몇 년 간 미뤘다. 20대부터 최고혈압이 160, 최저혈압이 100을 넘어 갔기에 모든 것이 혈압 때문일 것으로 치부하고 혈압 약을 잘 챙겨 먹고, 가족력으로 볼 때, 조부님께서는 진두찰환을 지어 드시며 혈압을 조절하셨기에 나 또한 그 단방약을 애용하니 별 문제가 없으리라고 믿고 있었다.

가슴이 설레는 것 같고, 심박 수가 늘어나는 증상이 조금만 스트레스를 받아도 자주 나타나곤 했다. 생각해 보니 10여 년 전에 혈압 때문에 오른쪽 머리가 깨져 버릴 것 같고 눈과 입이 돌아가는 '구안와사口眼喎斜'라는 중병으로 수년 동안 고통 받으며 어렵게 치료했던 일이 머리를 스쳤다. 심장과 혈관계통의 병이기 때문에 연관이 있을까 하는 의심도 해보았다. 더 안 되겠다는 생각에 종합병원의 '심혈관 전문의'를 찾았다. 기초적인 것을 점검하고 난 후, 24시간 혈압을 측정하는 계기를 채워 주었다.

이튿날 병원에 갔더니 담당 의사 선생님이 말했다.

"이런 증상이 잠잘 때도 본인은 느끼지 못했지만 몇 번 나타났습니다. 아무래도 부정맥, 잦은맥박 현상인 것 같습니다. 더 큰 J 병원으로 가보십시오."

부정맥으로는 세계적으로 명성이 높다는 의사 선생님을 소개했다.

급히 J 병원에 들리니 담당 의사 선생님이 말부터 친절하고 인상이 좋았다. 무엇보다 소상하게 설명해 주어 안심이 되었다.

"너무 상심할 것은 없습니다. 보통 사람은 심장으로 한 가닥 센서가 연결되는데 선생님은 세 가닥이 연결돼 동시에 명령을 내리니 심장에서 감당을 못하고 맥을 빨리 뛰게 합니다. 심장이 빨리 펌프질을 해야 하는데 거기에 미치지 못하고 잦은 맥박이 된 것 같습니다. 그래서 그 두 가닥을 막아 작동을 멈추게 합니다."

의사에 대한 신뢰감이 생겼다.

고향 선배 내과 의사의 부탁으로 시술 날짜를 앞당겨 보려고 부탁했어도 보름은 기다렸던 것 같다. 수술 날이 되어 수술대에 누워 생각해 보니, 맹장 수술, 치질 수술, 심장 시술, 이번에 세 번째로 눕게 되었다. 위험한 심장 시술이라 가슴이 떨렸다. 장비가 좋고 훌륭한 의사 선생님이라고 하니 믿을 수밖에 없었다. 내 생에 이런 가슴 떨리는 수술대 위에 앞으로 몇 번을 더 누워야 할까?

나를 시트에 태우고 이리저리 어디론가 가더니 의사 선생님들이 컴퓨터를 켜면서 대화하는 소리가 멀리서 들리며 긴 터널로 들어가는 것 같았다. 순간 눈을 떠보니 옆에서 아내가 손을 잡으며 반가워한다.

"금세 끝나 버렸어? 몇 분도 안 걸린 것 같은데,"

"예, 아주 성공적인 시술이 됐다네요."

"하느님 감사합니다."

이젠 무시무시한 숨 막힘은 없겠다는 생각이 들어 날아갈 것 같았다. 정신을 차리고 옆 침대를 쳐다보니 내 또래의 환자가 지켜보면서 말했다.

"축하합니다. 나는 목덜미에서 머리로 올라가는 대동맥에 스탠드 시술을 세 번이나 했어요. 선생님 시술은 아무것도 아닙니다."

3일이 지나니 더 병원에 있을 필요가 없다고 퇴원을 하라고 해도 이틀을 더 버티다 5일 만에 퇴원했다. 한 달 후, 퇴원 이상 유무를 점검하기 위해 내원했더니 아무 '이상 없이' 시술이 성공했다는 감사의 말을 들을 수 있었다. 진료 순번을 기다리고 있을 때, 대기 전광판 화면에 아는 사람 이름이 셋이나 있었다. 그중에서 교육청 고급간부 S 님을 확인하고 깜짝 놀랐다. 나만 이렇게 겪는 희소병인 줄 알았더니 Y 선생님도 수 십 년 동안 시술하지 않고 약물치료를 하고 있다고 했다.

"일주일에 한 번씩 명성 높은 의사 선생님 진료시간에 맞추어 처방한 약으로 겨우 버티고 있는데 통증이 올 때는 불안하니 자네처럼 이른 시일에 시술해야겠네."

병원에서 알게 된, S 님은 현 직위에 있으면서 도전자와의 치열한 선거전에서 패배의 고비를 맛보고, 교육부의 고급간부로 발탁이 되었지만 교육기관에 크나큰 사고가 터져 그 책임이 무겁겠다고 짐작했는데 얼마 지나지 않아 부음 소식을 접하게 되었다. 부정맥을 앓고 있는 환자에게 치명적인 것은 강한 스트레스가 아닐까,

나도 교육청 업무 처리 중에서 가장 힘들었던 것은 특수아 학부모의 강력한 항의, 담당학교에서 각종 사고, 특정 교원단체와의 갈등, 잘못 처리한 업무, 실수로 잘못 나가버린 공문 등이 가장 큰 스트레스를 주었던 것 같다. 책임지고 해결해야 함에도 미숙해서 잘못 처리하면 마음에 오래 남아 심장에 무리를 주었던 것 같다. 그때마다 가슴이 두근거리고 불안하여 죽을 지경이었다.

나는 요즈음 식초에 반해 있다. 식초가 혈액지방을 없앤다고 한다. 혈액이 맑지 못하여 혈관에 지방이 끼면 동맥경화, 뇌출혈, 혈액암, 돌연사, 중풍으로 불구의 몸이 된다고 한다. 사과와 막걸리로 식초를 만들어 끼니마다 두 숟가락 씩 따뜻한 물에 타

먹었더니 피가 맑아진 덕인지 머리가 상쾌하고 아침이면 화장실을 편히 갈 수 있어서 좋다. 식초를 가지고 연구하여 노벨상을 세 사람이나 받았다니 자연이 준 기적의 물이 식초가 아닌가? 심혈관 환자에게는 부작용 없는 가장 저렴한 치료제가 아닐까 생각한다.

게이츠 교수는 실험을 통해 '화, 슬픔, 불안, 공포, 증오, 미움 등과 같은 부정적인 정신 상태에 있을 때 인체에서는 어떤 물질이 생성되는데 그 물질에는 매우 강력한 독성이 있다고 했다. 이 독성이 우리 몸속에 돌아다니며 각종 질병을 만든다.'는 것이다. 부정맥 환자가 제일 명심해야 할 일이 화를 잘 다스리는 일이지 싶다.

중국의 고대 사상가들의 수명은 모두 높았는데, '공자(73세), 묵자(79세), 장자(80세), 맹자(83세), 노자(100세).' 오늘날의 성직자나 옛날 중국의 사상가들이 장수한 것은 잘 먹고, 운동을 많이 해서가 아니라 마음 관리를 지혜롭게 잘 했기 때문이라는 내용이 정보 바다에 돌아다닌다. 참고할 만한 것 같다.

어떤 의학 박사가 간암 진단을 받고 사망했는데 부검을 해 보니 오진이었다는 것이다. 이 박사는 자기가 암에 걸린 것을 사실로 믿었기 때문에 죽었다는 것이다. 모든 것은 마음 먹기에 달렸다고 생각한다. 살면서 괴로운 일이 닥치더라도 그러려니 하고 웃어 넘겨 버리자. 과욕을 부리지 말고 편안한 마음으로 사는 것이 건강의 비결이 아닐까?

봉오동 전투

반일감정에 시끄럽다.

자고 나면 새로운 뉴스에 신경이 곤두선다. 걱정스럽다. 한일전 스포츠에서 우리나라 선수들이 승리하게 되면 그 쾌감이 배가되지만 패하면 분노는 한층 더 심해진다.

하물며 일본은 지금 경제전쟁을 일으켜 한일경제 질서를 무너트리려고 하고 있다. 우리 국민들의 반일 정서에 불을 붙인 격이 되었다. 만나는 사람마다 대화 꺼리는 당연히 얄밉고 무례한 일본인들이다. 총리 아베를 욕하며 '사지도 말고, 가지도 말자.' 한다. 우리들이 할 수 있는 일은 다 해보자며 불편했던 역사적 사실들의 글이 생산되어 배달된다.

요즈음 항일 관련, 영화 관람객 수를 살펴보니, 1위에 1천270만 명 '암살', 750만 명 '밀정'이 이끌어 냈다. 659만 명이 본 영화 '군함도'를 관람하고 나서 일본은 더욱 용서할 수 없는 나라라는 생각이 들었다. 엊그제는 '항거 유관순 이야기'를 너무 사실적으로 보면서 내 마음속에서 지독한 일본인들이 더 미워졌다. 그러던 차, 시기적절하게 개봉한 '봉오동 전투'를 아내와 관람하고 가슴에 걸린 체증이 내린 듯 후련했다.

이 영화는 '봉오동 전투'의 승전내용을 주로 다뤘으나 이 글에서는 전후 상황의 역사적인 사실들을 조금 더 살펴보려고 한다. 1919년 3·1운동 이후 우리 민족의 항일투쟁은 한층 치열해졌다. 특히 만주와 연해주 일대에서 조직된 독립군은 일본군을 끊임없이 공격해 커다란 피해를 입혔다. 그들 기개는 홍범도의 대한독립군유고문大韓獨立軍諭告文에서 다음과 같이 천명한 바 있다.

"당당한 독립군으로 몸을 포연탄비중砲煙彈雨中(자욱한 총포의 연기와 빗발치는 탄환)에 던져 반만년 역사를 영광되게 하며 국토를 회복하여 자손만대에 행복을 줌이 독립군의 목표요, 또한 민족을 위하는 본의다."

이러한 항전의식과 민족의식만으로 독립전쟁이 수행되는 것이 아니었다. 첫째, 많은 무기와 병참을 조달하는 일이었다. 독립군의 무기는 체코군 무기, 러시아제 5연발 군총, 단발총, 미국제, 일본 소총, 중무기, 기관총, 속사포, 총알 등 고가를 지급하고 샀다. 당시 연해주와 남북만주의 한인사회와 국내 동포가 군자금을 헌납한 민족의 혈세였다. 더욱이 독립군의 무기 확보보다 시베리아에서 사 서북간도의 독립군 진영까지 운반하는데 많은 어려움이 뒤따랐다. 중·소의 엄중한 감시를 피해 비밀리에 뇌물로 관헌을 매수해 죽음을 무릅쓴 운반 작전의 전개였다. 둘째, 독립군의 전투력 향상을 위해 피나는 훈련이 필요했다. 셋째, 독립군의 효율적인 항일전 수행을 위하여 여러 곳에서 각기 편대로 조직된 군사통일을 추진하는 일이었다. 막강한 일제 침략군과 독립전쟁을 수행하기 위해서는 각 독립군간 연합작전과 완전한 통합항전이 절실한 과제였다.

독립군은 1920년 6월 4일 새벽, 두만강을 넘어 일본의 헌병순찰대를 공격했다. 이에 일본군은 독립군을 추격하면서 두만강을 넘어 삼둔자三屯子까지 들어와 그곳에 사는 어린이부터 노인, 부녀자들까지 한인들을 잔인하게 살해하고 집을 전부 불태워 마을을 모두 쑥대밭으로 만들었다. 죄 없는 그들이 무슨 잘못이 있다고 그렇게 무참히 죽여 도저히 인간으로서 할 수 없는 만행을 저질렀다. 독립군은 이때 침입한 일본군을 잠복·공격하여 커다란 타격을 입힌다.

삼둔자 전투로 위기를 느낀 일본군은 독립군을 공격하여 섬멸할 계획을 세우고 6월 7일 새벽 3시 30분, 두만강을 넘어 독립군의 근거지가 있는 봉오동을 일거에 공격하고자 작전명령을 내린다. 일본군의 대대적인 공격이 있을 것을 예상한 홍범도 장군은 자신이 이끄는 대한독립군 뿐만 아니라 최진동의 군무도독부, 안무의 국민회군 등과 함께 연합부대를 만든다. 이윽고 일본군이 두만강을 넘어 대대적으로 공격해 온다. 독립군 부대는 봉오동 주민들을 모두 대피시키고, 일본군을 사면이 야산으로 둘러싸여 마치 삿갓을 뒤집어놓은 것과 같은 지형으로 된 천연 요새지이며, 입구로부터 25리 떨어졌고, 하·중·상동의 마을이 30~60호씩 모여 있던 곳을 은밀히 잘 이용한다. 독립군은 겁 없이 덤벼드는 일본군을 봉오동 골짜기로 끌어들여 기습적으로 공격하기 위해서 치밀하고 기발한 작전계획을 신중하게 논의한다. 쉽게 유인되지 않을 것이기 때문에 공격과 후퇴를 거듭하면서 속임수를 쓴다. 사자가 연약한 사슴을 쫓듯이 좌우도 살피지 않고 그들은 맹추격해 온다.

잡힐 듯 말 듯, 산세의 지형지물을 이용하여 신출귀몰하게 약을 올리며 독립군들이 매복해 있는 산골짜기 중앙의 사정권 안으로 유인하는데 성공한다. 공격하기 좋은 좁은 골짜기에 갇힌 신세가 된 일본군들은 공격을 받기 시작하면서 사방을 둘러보니 산꼭대기에 포진하여 공격해오는 포탄과 총알을 피할 수가 없어 속았다는 생각을 할 때는 함성과 함께 산천을 무너뜨릴 기세로 원한의 총을 쏘아대니 속수무책으로 갈기갈기 찢기고 쓰러져 죽어가는 모습이 정말 통쾌했다. 이 전투에서 일본군은 157명이 사망하였고, 중상자 200여 명, 경상자 100여 명에 달했다. 반면, 독립군은 4명이 전사했고, 중상자 2명 생기는데 그쳤다.

일본군은 독립군을 오합지졸일 것이라고 얕잡아 보았을 것이다. 그러나 나라를 빼앗겼고 부모·형제까지 잃은 필사의 투사들이었다. 잘 훈련된 애국지사들을 어찌 오랑캐 일본군들이 감당할 수 있었겠는가?

결국, 일본군에게 충격을 준 봉오동 전투는 '독립전쟁'을 감행하여 일제 수난을 극복하려는 독립군에게 큰 영광을 던져 주었다. 지휘관 홍범도는 '한일합방' 전후, 독립군의 명장으로 추앙받게 되었다.

일본에 나라를 빼앗겨 목숨을 걸고 독립운동을 벌인 선조들 항일의 피가 우리 몸에 흐르고 있다. 지금 일본과의 경제전쟁을 어떻게든지 이겨내야 하지 않겠는가? 그때보다는 지금이 더 어렵지 않다고 본다. 우리 국민들 모두는 슬기로운 지혜를 모아야 한다. 다음 세대에 부끄럽지 않게 말이다. 정치가들은 말을 함부로 하여 국론을 흩트려서는 용서받지 못할 것이며, 당리당략에 눈이 멀어 나라에 해가 되는 언행을 하면 앞으로 역사의 준엄한 심판이 기다리고 있음을 명심해야 할 것이다.

과달루페의 성모님

올해 어려운 일이 많았다.

이는 더 나은 삶을 향한 고통이었다고나 할까. 30여 년의 신앙생활 동안 가장 절실히 성모님께 매달렸다. 기도의 덕이었는지 어려운 문제들이 하나씩 해결되어가니 첫새벽, 희망의 햇살이 우리 가정에 어슴푸레하게 비추어 오고 있는 것만 같다.

그러던 어느 날, '신비한 TV 서프라이즈 프로그램'의 성모님 발현에 관한 내용을 시청하게 되었다. 성모님께 간절히 기도하고 있을 때라 그랬었는지 나에게는 진한 감동으로 다가왔다.

1531년 12월 9일 쌀쌀했던 아침, '후안 디에고'는 미사 참례를 위해 테페악 언덕을 넘는다. 눈부신 빛이 비추고 천상 음악 소리가 들리는데 검은 피부를 가진 아름다운 여인이 나타나서,

"후안 디에고! 나는 하늘과 세상을 창조한 하느님의 어머니

성모 마리아다. 나는 지상의 모든 백성들의 자비로운 어머니이다. 나는 너희들의 비탄과 고통의 소리를 잘 듣고 있다. 나의 사랑과 연민, 구원을 증거하는 표적으로 내가 발현한 이곳에 성당을 세우기 바란다."

그는 곧 성당으로 달려가 '주마라가' 주교에게 이 사실을 알렸다. 그러나 주교는 인정하지 않고 표징을 가져오라고 하였다. 후안 디에고는 3일 후, 삼촌의 병이 위중하여 사제를 만나러 그 언덕의 지름길로 돌아가는데 성모님이 다시 나타나 돌 언덕 위에 장미꽃을 꺾어 표징으로 가져가라고 하셨다. 그가 장미꽃 한 다발을 꺾어 망토 안에 담아 와, 주교님 앞에 놓았을 때, 장미꽃이 '성모 마리아' 그림으로 변하여 모두 깜짝 놀랐다.

그 일이 있었던 뒤, 언덕에 작은 성당을 지었다. 세월이 흐르는 동안 몇 번 개축하여 1976년 현대식 대성전을 건립하여 봉헌하게 된다.

성당에 보관되어 있는 성모화를 수년에 걸쳐 조사, 분석한 결과, 망토는 '용설란'이라는 식물섬유이기 때문에 20년이 지나면 썩게 된다고 했다. 그런데 16세기 것으로만 증명되었지 수백 년의 세월이 지났는데도 색소까지 변함이 없다. 한편, 식민시대 멕시코 인이 이렇게 정교한 그림을 그렸다고도 믿기지 않는다는 것이다. 1921년, 천주교를 증오하던 공산주의자들이 그 그림을 없애려고 다이너마이트로 폭파를 시도했으나 성당의 제단들은 부서졌지만, 성모화만은 단 1%도 손상되지 않는 기적이 일어났다.

이 일로 성모화는 매우 유명해져 매년 12월 12일, 수많은 신자들이 모여 축제를 열고 있다. 이 이야기가 멕시코 전역에 널리 퍼져 원주민 800만 명이(인구의 90%) 7년 동안 천주교로 개종하여 오늘날 중남미가 가톨릭 일색이 되는 시발점이 되었다.

한편, 성모화를 조작했다는 의혹이 생겨 1979년 멕시코 한 컴퓨터 공학자가 초정밀 광학렌즈로 성모님의 눈을 2,500배 확대했는데, 눈동자 속에서 13명의 사람을 발견한다. 장미꽃을 펼쳐 보이는 후안 디에고와 놀라는 대주교님, 시중드는 하녀들 등이 담겨 있었다.

그 후에도 논쟁이 계속되자 교황청 요청으로 '나사NASA'에서 조사, 발표한 결과, '이 그림은 사람이 그린 그림이 아니다.'라는 결론을 내렸다. 이에 1556년 교황청이 공식 인정했다. 성모님을 직접 목격한 후안 디에고는 2002년 성인으로 추앙된다.

2016년 프란치스코 교황님도 오랫동안 성모화 앞에서 기도를 드렸다. 교황님마저 이 성모화를 왜 최고의 영광된 그림으로 삼았을까? 이 성모화를 만든 이는 과연 누구였을까?

과달루페의 성모 발현 이후, 후안 디에고는 성스러운 성모화가 보관된 성당에 딸린 작은 방에서 생애를 보내다 74세 일기로 세상을 떠나면서 말했다.

"저는 보잘것없는 사람입니다. 저는 작은 밧줄, 조그마한 사닥다리입니다. 저는 가장 끄트머리이며 풀잎입니다."

교수님의 가르침

48년 전 일이다.

교직 4년째 접어들어 목포교육대학에서 1급 정교사 자격연수를 받을 때 잊지 못할 일이 있었다. 남도를 굽이쳐 흐르는 영산강과 아름다운 유달산을 품은 목포이지만 하숙할 정도로 오래 지내본 경험이 없어 조금은 낯설었다.

첫날, 교대 대강당에서 개강식과 특강이 이루어지고 반 배치를 받아 교실로 들어가 서로 통성명을 했다. 쉬는 시간에 삼삼오오 모여 한 달 묵을 하숙집을 이야기하는데 나는 아는 사람이 없어 다른 사람들의 이야기를 듣고만 있었다. 나보다 나이가 더 듬직한 선생님이 말을 건넸다.

"선생님! 제가 좋은 하숙집 소개해 드릴까요? 이미 같이 지낼

한 분도 말해 놓았으니 그리하시면 좋겠습니다."

연수를 마치고 K 선생님을 따라 하숙집에 가 보니 교대에서 가까운 곳이라 출퇴근하기도 편리하고 방도 맘에 들어 함께 하숙하기로 결정했다. 주인집 아저씨가 목포교대 서무과장이라니 기분이 좋았다. 혹시 연수받다가 애로사항이라도 생기면 부탁하기 좋겠다는 생각이 들어서 이었다. Y 선생님도 교사로서 품위가 있어 보여 친구 하면 좋겠다고 생각했다.

저녁밥을 먹는데 주인집 아주머니가 소개되고 주인 할머니도 인사를 나누었는데 다정하셨다.

"한참 먹을 때니 밥을 많이 들어요."

첫날밤을 지내고 이튿날 대학에 가서 연수를 받으며 두 분 선생님과 친구가 되니 화기애애한 대화를 나눌 수 있었다. 나는 생각지도 못한 이야기를 그들은 나누는 것이었다.

"이번 연수점수를 잘 받아야 승진하는데,"

이야기를 들으며, '초년병 처지에 무슨 승진이란 말인가?' 그러나 그들은 구체적인 이야기를 했다.

시간이 지날수록 두 선생님 이야기가 맞았다. 처음 만난 K 선생님은 본격적으로 점수 확보를 위해서 노력하고 있었다. 우리 두 사람을 포섭한 것도 자기는 계획적이었다는 것이다. 반 선생님들을 둘러보니 공부를 가장 잘 할 분들로 낙점했다며 앞날을 예언하는 사람 같았다. 그러나 두고 볼수록 그는 점수 확보를 위한 노력보다는 엉뚱한 것에 신경을 쓰고 있었다. 교수님들을 찾아다니면서 비정상적인 수단을 취했다. 과제를 처리해도 자기 힘으로 처리하는 것이 아니고 두 사람 것을 참고로 자기 유리하게 정리하여 제출하는 것을 알게 되었다. 미술과 교수님에게 고급 화선지 뭉치를 선물하는 것도 눈꼴사나웠다.

교양과목 교수 한 분이 들어오셨다. '한○○' 교수님, 강마른 얼굴에 작은 체구로 허연 머리에 괴짜 교수라는 생각이 들었다. 파란 비닐 케이스에 '성취동기成就動機'란 책을 내 보이며,

"다음 시간에는 이 책 준비해 오세요."

"뭔, 저런 교수가 다 있어,"

"저 교수는 독신인데 용돈을 쓰고 남으면 태워…."

다음 시간에 그 책을 준비해 가니 또 이상한 말씀을 했다. 이 책은 '성취동기'란 책인데 나의 강의방법은 이렇습니다.

"1번부터 한 단락 씩 연구하여 A4 용지 한 장에 요약하여 학생 수만큼 복사해 나누고, 5분 정도로 발표하면 됩니다."

자기 차례가 되면 신경을 곤두세우고 준비해 와서 발표를 했다. 나도 차례가 되어 해당 부분을 외우다시피 읽고 또 읽었다. 중요한 내용을 정리해 깨끗이 청서하여 발표물을 만들었다. 그 페이지만큼은 확실히 이해할 수 있었다. 연수가 끝나고 나니 유명한 교수님의 일사천리로 잘 한 강의는 하나도 기억에 남지 않았지만 이 과목과 교수님 성함은 강산이 다섯 번이나 변해도 기억에 생생하다는 것은 대단히 훌륭한 교수법이 아니었을까? 더

군다나 나는 A+를 받았으니….

'성취동기'의 저자 매크릴랜드D.McClelland는 성취 욕구를 중요시했다. 성취 욕구는 개인 스스로가 자기 실현의 욕구를 부단히 추구하는 데서 비롯된다고 했다. 일정한 노력을 바친 데 대해서 인정과 보상 받기를 원하는 욕구이다. 성취동기 이론은 한 개인의 성공 여부를 결정하고, 한 기업의 성공은 경영자의 성취 욕구 수준과 깊은 관련을 갖는다고 했다. 성취동기가 높은 사람들의 특징은 과업 지향적, 적절한 모험심, 성취 가능성에 대한 자신감, 정력적이고 혁신적인 활동, 책임감, 행동결과에 대한 지식, 미래지향적인 성격을 갖는다는 것이다. 나에게 중요한 일이 닥칠 때는 이 기준에 맞춰서 결정하여 실천하는 버릇이 생기게 되었다.

연수가 끝나고 몇 주가 지났는데 서무과장에게 전화가 걸려왔다.

"축하합니다! 신 선생님! 우리 하숙집에서 1, 2등이 나왔지 뭡니까?"

10년 후에야 승진에 가장 중요한 점수란 것을 알게 되었고, 그 점수로 승진한 것은 아니었지만 교직 친구들과 만남에서는 자주 회자하여 나에게 자부심을 갖게 했다. 부엌칼 갈아주는 수고로 나에게만 주었던 구수했던 하숙집 누룽지의 맛과 천국에 계실 그 할머니의 따뜻한 정도 평생 잊지 못할 것 같다.

'성취동기'를 내 삶의 좌표로 삼아 꾸준히 노력하여 시골에서 광주로 전입했고, 연구부장 역할 12년 동안 최선을 다했다. 야간 대학, 계절제 대학원을 다니며 익히고 닦아 시 교육청 장학사 선발시험에도 합격 7년을 근무했고, 교장승진의 기쁨도 맛보다가 2013년 황색 근정훈장을 목에 걸고 명예롭게 퇴임했다. 같이 하숙했던 두 분 선생님은 아마 성취동기의 참뜻을 마음에 새기지 못했는지 승진 소식은 없었다.

하늘나라에 계실 한 교수님의 가르침은 수많은 스승님들 중에서 가장 으뜸이었지 않나….

제사상의 조율시이棗栗柿梨

우리 집은 제사가 많다.

어린 시절에는 이 날을 목이 빠지게 기다렸다. 평소 못 먹어본 쌀밥과 과일, 떡을 먹을 수 있었기 때문이다. 고모할머니는 늘 정성껏 제찬을 준비해 오셨다. 자주 만나면서도 날 새는 줄 모르고 정담 나누시는 것을 보면서 형제애의 돈독함을 느꼈다. 종손이라며 대접해 주시는 당숙에게서 핏줄의 정을 확인했다.

뜻도 모르고 제사상을 차려 제사를 지냈다. 조율시이의 의미를 되새겨보니 조상들의 지혜가 사물 하나에서도 깊이 있다는 것을 깨달았다.

제사상의 첫줄 맨 왼쪽에 놓는 대추(조棗)는 씨가 하나라 임금을 상징하며 악장 격이다. 암수 한 몸인 나무라 꽃이 핀 곳에 반드시 열매가 열리는 속성이 있기에 후손의 다산을 기리고, 통

씨라서 순수한 혈통을 의미한다. 혼례를 마친 새색시 치마폭에 시부모가 한 움큼 대추를 던져주는 것도 이에 유래되었다. 나는 이 정신이 골수에 박혀서인지 딸 둘을 얻고도 아들을 낳기 위해 백방으로 노력해 대를 이었다.

밤(율栗)은 알맹이가 셋으로 삼정승을 뜻한다. 씨 밤에서 싹터 자란 새 밤나무가 첫 열매를 맺어야만 씨 밤이 그 밤나무에서 떨어지는 특성이 있다. 부모와의 연을 끊지 않고 효도하기를 원했다. 조상을 모시는 위패나 신주도 밤나무로 깎는다. 내 아버지는 한국전쟁 때, 돌아가셨으나 시신을 찾지 못해 궁여지책으로 밤나무를 깎아 명전을 써서 묻고 가묘를 조성했다.

감(시枾)은 씨가 6개라서 육조판서를 의미한다. 감나무는 열매가 열리지 않으면 아무리 커도 나무속에 검은 심이 없고, 열매가 열렸던 나무만이 검은 심이 있다. 부모가 자식을 낳아 키우는 데 그만큼 속이 검게 탈 정도로 정성을 드렸다. 감나무는 고욤나무(씨를 심으면 작은 열매가 맺어 돌감나무로 접붙이지 않는 나무)에 접붙이는 산고를 겪어야 비로소 좋은 감이 열린다. 고욤나무와 같은 육신은 부모에게 얻었지만 좋은 열매를 맺는 나무인 스승을 만나 인간의 도리를 바르게 배우는 접붙이기를 통해 익히고, 갈고 닦는 고통을 이겨내야만 사람다운 사람으로 탄생한다.

예닐곱 살 때 일이다. 동네 부잣집 사랑방에 거지 할아버지가 기거했다. 그 할아버지 쌈지에 돈이 있는 것을 알고 군침을 삼켰다. 할아버지가 외출하고 없는 틈을 타 친구는 망을 보고 나는 방으로 들어가 쌈지 속의 동전 몇 개를 훔쳤다. 그 동전으로 사탕을 사 먹었다. 꿀맛이었다. 순식간에 그 소문이 동네에 돌아 어머니 귀에까지 들어갔다. 어머니 회초리 맛을 보고 난 뒤부터 남의 물건을 훔쳐서는 안 된다고 마음속 깊이 새겼다.

배(이梨)는 씨가 8개로 8도 관찰사를 의미하고, 껍질의 황색은 오행에서 우주의 중심을 나타낸다. 아시아의 색깔이며 황인종을 상징한다. 속살이 하얀 것은 백의민족에 빗대어 순수함과 밝음, 민족의 긍지를 나타내는 큰 뜻이 포함되어 있다.

황희 정승 고사에 전해 오는 제사 이야기에서 어느 날 한 사람이 찾아와 말했다.

"소가 새끼를 낳아 제사를 지낼 수 없겠지요?"

"그야 지낼 수 없지"

또 다른 사람이 찾아와

"돼지가 새끼를 낳았지만 제사는 지내야겠지요?"

"그야 물론 모셔야지."

이를 지켜 본 정승 부인이

"한 사람은 안 된다 하고, 다른 사람은 된다 하시니 어찌 된 일이오?"

"소나 돼지를 낳은 것보다 제사가 중요한 것인데 제사를 지내고 싶어 하는 놈은 지내라 하고, 지내고 싶어하지 않는 놈은 지내지 말라고 하였을 뿐이오."

가정의례준칙에서는 조부모까지만 제사를 지내도록 권장하나 우리 집은 고조까지 합동으로 제사를 모신다.

　제찬 준비할 때는 품질 좋은 것을 고르고 정성껏 조리하여 제사상에 올린다. 대종가 진설법에 크게 어긋나지 않게 제사상을 차리며 돌아가신 분이 평소 즐기셨던 음식을 더 곁들이기도 한다.

　요즈음 갈수록 제사의 의미가 퇴색되어 가고 있다. 돌아가신 분이 제사 음식을 흠향하시리라 믿기보단 핵가족 제도로 인한 가족들의 단합된 힘이 부족한 시대이기에 제삿날을 기억하고 가족애를 돈독히 하는 기회로 삼아야 하지 않을까?

유츄프라카치아

유츄프라카치아는 아프리카의 밀림에 사는 식물이다.

이 식물을 사람이 조금만 스쳐도 시름시름 앓다가 죽어 간다고 한다. 그런데 이상한 것은 스쳤던 사람이 계속 만져주면 다시 살아난다는 것이다. 식물도 지속적인 관심과 애정을 필요로 하는 것은 아닌가? 이 식물은 아프리카 말로 '사람의 영혼을 가진 식물'이란 뜻이라고 한다. 나를 제발 내버려 달라고 소리치는 이 식물은 누구보다도 그 손길을 필요로 한다는 것이다.

농촌에 동이 틀 새벽 무렵 삽을 메고 논길을 거니는 농부를 볼 수 있다. 작물과의 대화 장면이 아니었을까? 혹시 목은 마르지 않느냐? 아픈 데는 없니? 배는 고프지 않냐? 잡초가 성가시게 하지는 않느냐?

"곡식은 사람의 발소리를 듣고 자란단다."

대화가 계속되고 관심을 쏟은 만큼의 소출을 기대했던 부모의 거친 손이 눈에 아른거린다.

밤하늘을 V로 아름답게 수놓으며 어디론가 날아가는 기러기떼를 보면 만추晚秋의 정취를 만끽할 수 있다. 리더의 명령에 철저히 순종하며 서로가 만든 날갯짓은 71%의 힘을 절약해 준단다. 이들은 서로 관심의 대상이다. 내 힘이 상대에게 도움을 준다. 서로 잘 날라고 '끼욱 끼욱' 칭찬의 응원을 한다. 날다가 지친 동료는 데리고 지상에 내려와 관심 어린 간호를 한다. 죽을 것 같은 심한 병이 들면 네 마리가 함께 지상에 내려와 지극 정성을 다해 치료해 주다가 생을 다 하면 땅에 묻어 준다니,

첫 발령지에서 일이었다. 교사들 3월은 바쁜 시간의 연속이다. 새로운 친구들을 만나 이름도 외워야 하고 성격도 파악해야 한다. 학급 운영을 위한 계획도 세워 보아야 한다. 새로운 교재로 수업 준비도 철저히 한다. 교실의 묵은 때를 벗기고 아름답게 단장하기에 온 신경을 썼다. 밤늦게까지 재주껏 글씨를 써 붙이고 아이들과 바닥을 윤내어 낙상을 할 정도가 되어야 성이 찼다. 내가 발령받아 5개월이 지난 새 학년 개학 첫날 키가 작은 Y 선생이 부임했다. 낯설어 하는 그녀를 도와주고 싶었다. 그녀도 나에게 관심을 보였다.

가정 형편상 내 고향학교로 전출 내신을 냈다. 설마 했는데 고향 집에서 가까운 G 학교로 발령이 났다. 관심의 싹을 조금 보려는 순간 그녀와는 헤어지게 되었다. 그렇게까지 생각하지 않았

는데 그녀는 상당한 아픔이었나 보다. 조용한 호수에 관심의 돌을 던지지 않았느냐는 그녀 편지이었다. 하숙집에까지 찾아와 내 관심을 확인했으나 솔직히 부인했다. 그녀는 울면서 떠나갔다. 그 후 그녀가 먼저 결혼을 하였고, 10년이 지난 후 약속이나 한 듯 같은 학교에서 근무하면서 동료 교사 만으로의 관심만 보였다.

나는 방과후학교 강사로 아이들에게 바둑을 가르친다. 내 방식에 순치되지 않는 아이들이 만만치 않다. 교실수업에서 조금 해방된 기분이 드는지 어리광을 부린다. 버릇이 없다. 날마다 어떻게 하면 이들이 원하는 관심을 듬뿍 부어 주면서 소기의 교육 성과를 거둘 수 있을 있을까?

나의 유츄프라카치아들….

제4장
내 삶의 포석을 돌아보며

我是皇天之子母河伯女郎鄒牟王
爲我連葭浮龜應聲卽爲連葭浮龜
然後造渡於沸流谷忽本西城山上
而建都焉永樂世位

광개토대왕비문에서

아버지의 한

하늘에 먹구름이 감돌았다.

진둥재 밭에 보리를 갈기 위해 지게에 두엄을 올리고 있는데 아버지는 한사코 말린다. 아침 젖을 먹고 새근새근 자는 중재 곁을 떨어지기 싫지만 식구들 식량 한 줌이라도 얻기 위해,

"용수야! 진둥재 밭 부근에서 저렇게 탁꿍탁꿍 총소리가 요란한디 먼노므 보리는 간다고 그라냐."

"아버지는 별걱정을 다 하요."

"중재나 잘 보시오."

"용수야! 요새 통 꿈자리가 사납단 말이다."

"니 동생이 그놈의 보도연맹인가, 지랄인가에 가담했다고 죽여 버리지 않았냐?"

"너도 잡히면 죽은 깨 쪼끔만 조심하란 말이다."

"아부지는 왜 고렇게 걱정이 많소?"

"그래도 걱정이 되요."

"걱정 말랑께, 자네까지 왜 그랑가."

"가족들이 말리면 잔 듣제만,"

밭뙈기라고 해 보아야 너마지기 정도였다. 그곳은 덕진면 분주소 가는 길목에 있었다. 진등재 밭에 두엄 짐을 막 내리고 쟁기로 갈아 놓은 고랑을 괭이로 고르면서 올해는 내 아들 중재가 생겼으니 보리농사를 잘 지어 배를 굶겨서는 안 된다고 다짐하며 땀을 훔치고 허리를 잠깐 펴는데 경찰과 이웃 마을의 악명 높은 형사 김안율이가 나타나서 갑자기 총을 들이댔다.

"니가 신용수지?"

"그란디 왜 그라요. 내가 뭔 죄를 지었다고 그라요?"

"죄가 있는지 없는지는 가보면 알 것 아니냐?"

"빨리 따라오지 못해,"

"나 참, 이상해 부네, 난 절대로 못 가것소."

"이 새끼 보소, 이미 다 알고 왔어."

"그런디라우, 죄없는 내 동생을 죽여 부렀지."

"잔소리 말고 빨리 따라와."

"못 가겄소. 내 자식이나 한 번 보고 갈께라우."

"이 새끼야. 너도 자세히 조사해 봐야 안께."

내가 발버둥을 치니 노끈으로 묶어 덕진 분주소로 끌고 갔다. 어린 젖먹이 새끼와 각시가 눈에 밟혀 앞이 깜깜하고 오금이 저렸다. 분주소 유치장에 들어가니 나 말고도 예닐곱 명이 잡혀 와 초주검이 되었다. 오후부터 문초가 시작되었다. 사실이 아닌 것을 물었다. 나는 이를 악물고 고문에도 거짓을 말하지 않았다. 동생은 제법 똑똑하고 야무져서 보도연맹에 가입한 것 같지만 나는 장남으로 집안을 책임지어야 하므로 그런 것에 흔들리지 않았다. 사실이 확인되었는지 고개를 끄덕이며 손가락으로 앉을 자리를 지시했다.

"이 줄에 있는 놈들은 죄가 없는 게."

'휴! 살았군. 그래도 양심은 있네.'

그러나 아뿔싸! 전황이 불리했다. 그때가 12월 초순이니, 1.4 후퇴가 오고 있었다. 새로운 전통이 날아 온 것인가? 예비 검속자들을 모조리 사살하라는 명령이 하달된 것이다. 이들이 가장 먼저 변절할 가능성이 높다고 판단한 것이다. 보도연맹원에 가입한 사람과 같이 취급하여 검속자 12명을 모두 트럭에 싣고 한새 다리 부근 야산으로 끌고 갔다.

"탕! 탕! 탕!"

"아! 억울하다!"

찰나의 시간만 지체되었어도 무사히 살아났을 텐데, 순식간에 우리들의 운명은 천길만길 낭떠러지로 떨어져 조국의 밑거름으로 산화하고 말았다.

"중재야! 네가 아비의 억울한 한을 꼭 풀어다오!"

"아! 아버지! 아버지!"

총 자국이 선명하여 피 흘리시는 아버지가 절규하셨다. 깜짝 놀라 소스라치면서 깨어보니 악몽이었다. 나뿐만이 이런 꿈을 자주 꾸겠는가?

"아버지! 아버지의 억울한 누명을 벗겨 드릴게요!"

지난 11월 18일 한국전쟁 전후 민간인 희생자 931명의 위패를 모시고 제6회 영암군 합동위령제를 모실 때, 초헌관으로 정성의 향과 술을 올렸다. 우연히 중앙에 큰 삼촌 '신부길'과 아버지 '신용수' 위패가 위치했다. 눈앞이 캄캄해지고 눈물이 핑 돌았다. 혼백이라도 오셔서 흠향하실까?

70전 한국전쟁의 아픔이 우리들의 뇌리에서 점점 잊혀간다. 원혼들이 구천을 떠돌아 언제 편히 잠드실지….

'징비록'의 교훈을 떠올리며

시경에 '지난 일의 잘못을 징계해서 후에 환란이 없도록 조심한다.'라는 구절을 비롯하여 류성룡은 '징비록懲毖錄'을 저술한다. 이것을 주제로 KBS에서 제작하여 방영한 드라마를 감명 깊게 시청한 바 있다.

징비록은 1592년 일본 통일이라는 과업을 달성한 풍신수길이 명나라를 치겠으니 길을 비키라는 명분을 걸고 조선을 침략한 임진왜란부터 정유재란까지 조선의 전시상황을 통한의 눈물로 쓴 책이다. 그는 좌의정, 병조판서를 겸하다가 전쟁이 발발하자 도체철사에 임명되어 군무를 총괄한다. 그 전에 조선은 전쟁을 간파하고 미리 대비할 시간은 충분하였다. 이율곡의 십만양병설, 전쟁 2년 전, 일본에 다녀온 정사 황윤길은 전쟁을 예감하고 미리 대비해야 함을 역설했다.

그러나 부사 김성일은 정반대 정보를 제공한다. 류성룡은 전쟁을 예감하고 미리 준비해야 할 것을 임금께 주청하였으나 번번이 좌절되고 만다. 대신들은 모두 전쟁이 일어나지 않을 것으로 오판하게 된다. 그러나 결국 전쟁은 일어나 단 20일 만에 변변히 저항하는 군사 하나 없이 한양이 함락되는 대참사가 일어나고 선조는 도망가기에 바빴다. 이에 크게 분노한 백성들은 왕궁을 불사르고 군량미를 약탈하는 등 무법천지가 된다.

신립 장군이 탄금대 전투에서 패배하고 관군의 사기는 땅에 떨어져 전의를 잃게 된다. 그러나 곽재우를 비롯한 고경명, 김천일, 조헌 의병들이 전국 곳곳에서 왜군을 섬멸하는 전과를 올린다. 선조는 평양성을 거쳐서 의주까지 도망가 싸워볼 생각도 하지 않고 백성들을 버린다. 오로지 자기 한 몸 살겠다고 요동으로 파천하고자 명나라에 희망했으나 좌절되어 국경 부근에 머물면서 결국은 그들에게 지원군을 요청한다.

명나라 장수 이여송의 대군이 전쟁에 참여했으나 힘들여 싸우지 않았다. 싸움을 자주 뒤로 미루고 마지못해 참전하며 위기에 처한 조선을 깔보며 업신여긴다. 류성룡은 지혜와 지략으로 명나라 장수를 부추기고 설득시켰으나 그들은 전쟁을 질질 끌 뿐이었다. 조선은 싸워 이길 능력도 없이 명나라에 의존하니 나라의 앞날이 암울했다. 국난을 극복하기 위해 류성룡은 이순신을 천거하여 벼슬을 올리고 파격 인사를 단행하면서 적지 않는 모함을 받지만 굽히지 않았다. 은밀히 수군을 함께 이끌어 간다.

거북선을 만들어야 한다고 임금께 주청했으나 소용이 없어 임금 몰래 축조비를 조달한다. 일촉즉발의 나라를 구하는 승전을 하니 그때야 임금은 그를 인정한다.

일본의 보급로인 해상을 철통같이 막아 그들의 숨통을 조인다. 일본군은 명나라의 참전으로 평양성을 빼앗기고 권율 장군의 행주 성에서의 참패로 사기가 떨어지면서 퇴로가 막혔다. 어쩔 수 없이 명나라와 휴전협정을 하게 된다. 한양을 내주고 본국으로 철군할 때 길을 막지 않기로 약조하며 남쪽 4도를 나눠주라고 요구한다.

일본의 과한 요구는 관철되지 않아 전쟁은 다시 시작된다. 일본군은 명군과 의병들의 용맹, 이순신의 지략으로 참패한다. 그러나 이순신 장군은 모함을 받고 파직된다. 그를 대신해 원균이 임명되었으나 수군은 대패하고 많은 배를 잃는다. 선조는 수군이 육군과 합류하기를 명령하였지만 백의종군한 이순신은 '신에게 아직 12척의 배가 있습니다.'는 말을 남기고 1597년 133척의 일본 배를 섬멸하는 전과를 올린다.

풍신수길이 죽고 일본군은 철수한다. 철군하는 배를 쫓는 노량해전에서 이순신은 갑옷도 입지 않고 참전한다. 총탄을 맞고 '싸움이 급하니, 내 죽음을 알리지 마라.'라는 말을 남기고 최후를 맞는다.

후대에 국난이 생길 것을 경계하면서 징비록을 저술했으나 조선은 무관심했다. 패전한 일본에서는 이 책을 몰래 사 전쟁의 패인을 분석하고 많은 교훈을 얻었다고 한다.

조선이 동인·서인·남인·북인으로 나뉘어 당파싸움을 일삼다가 나라가 존망의 위기에 처하였듯이, 작금에도 민주당·자한당·정의당·바른미래당 이름만 다르지 정치의 모습은 그때와 별반 다르지 않는 것 같다. 산적해 있는 나라 일을 팽개쳤다. 수백만의 국민들이 양편으로 나뉘어 왜 촛불을 들어야만 하는지 정치인들은 정녕 모른단 말인가? 간음한 창녀에게 돌을 던지려던 청중에게 예수님은 죄 없는 사람은 돌을 던지라고 한다. 나이 든 사람부터 하나씩 떠나 한 명도 남지 않았다고 한다. 법무부 장관 가족에 대한 비리와 의혹들을 의심하면서 나는 과연 그 가족을 비난할 수 있는지 자신을 되돌아보게 된다.

소탐대실小貪大失이다. 눈앞의 작은 이익을 얻으려다 큰 것을 잃는 우를 범하지 않아야 한다. 우리나라의 주변 강대국들은 자국의 이익을 위해서 눈을 부릅뜨고 있다. 북한에서는 미사일을 쏘아대고 일본은 경제전쟁을 선포하며 미국, 중국, 러시아도 우리의 숨통을 조인다. 태풍 피해가 심각하고, 돼지 열병이 전국으로 번져 총체적인 위기상황이다.

과거의 잘못된 역사를 잊지 말자는 징비록이 담고 있는 교훈을 마음에 새기면서 국민들은 심기일전하고, 국회의원들은 국정감사와 내년 예산 등 계류되어 있는 법안들을 하루속히 심의하고 전국을 안정시켜 주기 바란다.

내 삶의 포석을 돌아보며

어느 여름밤이었다.

도사처럼 모기의 극성도 아랑곳하지 않고 흰 돌과 검은 돌을 번갈아 놓아 가며 몰입해 있는 그 모습을 보니 호기심이 생겼다.

나는 그때부터 어깨너머로 형들에게 바둑을 조금씩 배웠다. 첫 발령지의 햇병아리 교사시절 한 선배교사와 매일 밤 대국으로 날 새는 줄을 모른 적도 있었고, 결혼 전, 장인과 동서가 되실 분과도 대국의 인연이 있었다. 그때 나는 교직 6년째 결혼을 하였다. 신혼의 단꿈도 모르는 채, 저녁 식사 후, 자주 들락거리는 곳이 있었다. 같은 동네에 사시는 김 선생님 댁이었다. 처음에는 검은 돌을 시꺼멓게 깔고 바둑 수를 그 선생님에게 익혔다. 선생님과는 실력 차이가 크게 났는데도 귀찮아하지 않고 매일 밤, 바

둑친구가 되어 주셨다. 나는 신바람이 나서 바둑에 대한 애착이
더 생겼다.

"준비됐나요?"
"시작할까요?"
"시우! 땡!"
들어온 지, 100일 된 초등학교 1학년 어린이들은 신이 나서
부지런히 움직인다. 동영상을 보고 기본정석을 따라 두게 하니
'똑! 똑!' 바둑판에 바둑돌 놓는 소리가 요란하다. 참 잘 논다. 눈
이 초롱초롱해진다. 잘 따라 하는 아이들에게는 얼굴 앞에 엄지
손가락을 치켜세워 주니 더 신나서 소리를 지르기도 한다.
　대국 승자에게는 수업 후, 스티커를 주어 대국 실적 판에 붙이
게 한다. 어쩌다 달콤한 사탕이라도 하나 주면 좋아서 박수를 친
다. 정년으로 퇴임하고 5년째, 이렇게 보내고 있다. 가는 세월이
아깝지 않다. 즐겁기만 하다.
　좋은 집을 지으려면 설계를 잘 해야 하고, 사방에 튼튼한 주
춧돌을 놓은 뒤에 단단한 기둥을 바로 세워야 하는 것처럼, 한
판의 바둑을 승리로 이끌기 위해서는 바둑판 위에서도 계획적
으로 자기에게 유리한 포석布石을 해야 한다. 이런 기법은 김 선
생님이 나를 요리조리 주물러 긴장시켜 응수하게 했다. 시작점
의 조그마한 차이는 과녁에서 엄청나게 빗나가는 활시위처럼
바둑에서나 우리의 삶에서도 포석이 중요하다는 것을 깨닫게

되었다.

사각형 바둑판은 가로, 세로 각각 19줄, 서로 만나는 점이 숨구멍이다. 모두 361점이고 1년을 뜻한다. 바둑판의 네 귀퉁이는 4계절에 빗대고, 4선의 교차점인 화점花點은 춘하추동을 의미한다. 이 자리는 적은 돌로 많은 집을 차지하기 적합하다. 넓은 집 차지가 승패의 관건이다. 가운데 한 점, 천원天元은 하늘을 뜻하고, 네 변은 바다라 한다. 네 귀는 땅에 해당한다. 기름진 땅에 깃대를 빨리 세우느냐는 전투에서 고지를 먼저 차지해 승전으로 이끄는 군대와 같다. 이 땅에 신속히 포석하는 것이 가장 좋은 결과를 낳는다고 해서 무한대의 우주공간 속, 우리 일생과도 같다.

퇴임 후, 막연히 놀기보다는 무력감에서 벗어나기 위해 이런저런 일을 해 보았다. 후배의 공장에서 화장실 청소부터 시작하며 밑바닥에서 잔심부름을 하였다. 한 달을 못 버텼다. 유치원 교재 납품도 해 보았지만 내 적성에는 맞지 않았다. 그때야 나는 교직이 최고였다는 것을 절실히 깨달았다. 하루에 두세 시간 정도 아이들을 가르치는 것은 어려운 일이 아니다. 그것이 천직天職이라는 것이 이렇게 좋은 줄을 몰랐다. 엊그제는 학부모 참여 수업을 준비하느라 가슴이 설렜다. 떨리기까지 했다. 고희에도 나에게 이런 좋은 기회가 주어졌다는 것은 축복이다.

벼를 심어 쌀이 되기까지 여든여덟 번, 사람의 손길이 필요하듯 아이들에게 하나의 바둑 기량을 전수하는 데에도 많은 노력이 요구된다. 특히 요즈음처럼 휴대폰 게임중독에 빠져 있는 아이들을 건전한 놀이 쪽으로 유도하기에는 어려움이 따르지만 그것이 내게는 오히려 즐거웠다. 무언無言의 가르침을 주신 김 선생님처럼 내가 맡은 아이들에게도 자기 자신을 이겨내 삶의 전쟁 속에서 진정한 승리자로 만들어 내고 싶은 노력이 나의 큰 보람이다.

내 남은 삶의 포석에 네 기둥을 세우련다. 그중에 첫 기둥은 신앙생활, 두 번째 기둥은 가족사랑, 세 번째 기둥은 건강한 삶, 네 번째 기둥은 내가 하고 싶은 일거리를 찾아 힘닿는데 까지 놀지 않고 활동하는 것이다. 오늘도 사랑스러운 아이들과 대국하며 삶의 행복을 수확하는 즐거움에 짧아져 가는 세월을 느끼지 못한다.

일본제품 불매운동

꽃꽃꽃꽃꽃꽃

담양 길에 올랐다.

담양에서 순창까지 이어지는 메타세쿼이아 초록빛 동굴을 통해 금과골프장을 달렸다. 자식들의 권유로 늦은 나이에 골프를 시작하여 5월에는 머리를 올리고, 학생들이 상급 학교에 오르듯이 이곳 필드로 학습의 장을 옮기게 되었다. 비지땀을 흘리며 두 시간 골프연습을 마치고 차에 오르려는데 장남이 음료수를 권했다. 삼복더위라 한층 시원했다. 그런데 갑자기 아내가 언성을 높였다.

"세상에 너는 일본산 음료수도 모르냐?"

분위기가 썰렁해졌다. 얼른 휴대폰을 열어 일본산 불매제품들을 찾아보았다. 화장품을 비롯해서 음료수, 맥주, 신발, 가전제품, 시계, 자동차 등 평소에 몰랐던 제품들을 알고 나서 깜짝 놀랐다. 하찮은 낚시 바늘, 물고기 떡밥까지도 일본산에 훨씬 많은 고기들이 집어集魚되어 나도 일본산을 즐겨 썼던 터라 아내 말이 뜨끔했다.

'이제 생각을 바꿔야겠군.' 가깝고도 먼 나라 일본, 36년간 우리 민족을 그만큼 업신여기며 잔인하게 지배했던 그들, 우리 민족과는 철천지원수들이 아닌가?

엊그제 일본은 우리나라를 '백색국가'에서 제외하고 경제전쟁을 도발했다. 아베는 우리를 일깨웠다. 우리는 분연히 일어나야 한다. 우리도 이젠 당하고만 살 수 없다. 뭉치고 단결하면 산다. 우리 민족은 수많은 외침을 받고서도 굳건히 살아남았다. 그러나 일본의 백색국가에서 우리나라가 제외되면 1천 개가 넘는 제품들의 수입이 일일이 규제받으며 곤란을 겪게 된다고 한다. 백 년이 넘는 노하우를 자랑하는 자동차엔진 일부 부품을 일본 제품에 의존하고 있다니 걱정이 태산이다.

한편, 일본의 폐 석탄을 수입해 시멘트를 만들고 우리 폐기물은 땅에 묻는다니 이 정도면 코미디 수준이다. 전범국가 일본은 첨단소재를 수출하고, 우리나라는 방사능 가득 찬 쓰레기를 수입하는 현실이 너무 서글프다. 우리가 폐 석탄을 수입하지 않으면 일본은 폐기물 대란이 일어난다니 즉각 폐기물 수입을 제한하여 그들에게 큰 타격을 주는 것이 마땅한 일이라고 본다.

정치권에서도 정신을 차려야 한다. '북한 팔이 하다가 이젠 일본 팔이' 한다면서 대안 없는 맹비난을 일삼거나 이번 일본과의 경제전쟁 사태가 총선에 자기 당에 유리하게 작용할 것이라는 망언들, 나라가 이런 위급한 처지인데도 당리당략이라니 한심할 노릇이다.

지난 주 신문에서 S 중학생들이 일본 탐방여행을 떠났다는 어이없는 기사를 읽었다. '역사를 잊는 민족은 미래를 기약할 수 없다.' 후손들에게 역사를 바르게 가르치고, 일본의 만행을 정확히 교육하여 나라의 힘을 기르도록 기술을 익히고 일본의 의존도를 낮추는 노력에 온 국민이 힘을 합쳐야 할 때이다.

독도를 자기네 땅이라 우기는 어리석은 나라가 아닌가? 일본 물건은 사지도 말고, 쓰지도 말아야 한다. 일본 여행객이 30%가 줄었다는데, 70%는 아직도 여행을 간 사람이 있다는 말인가? 당분간 일본여행도 자제하고 우리도 일본을 백색국가에서 제외해야 한다. 지소미아(군사정보보호정책)도 파기하는 것이 옳을 것 같다. 이런 판국에 무슨 안보 공조란 말인가? 북한의 핵무기가 두려워 고급군사정보는 얻고 싶다니,

최민우(20세, 재일교포 2세) 학생은 하버드 대학에서 아베가 연설한 후, 그와 1대1 돌직구 토론에서 당당히 말해 그가 진땀을 흘린 일화가 회자하고 있다.

"수천 명의 한국 여성을 성노예로 삼는 일을 정부가 관여했는

데, 왜 사실을 부인하죠? 정부는 왜 위안부에 대해 사과하지 않습니까?"

나라도 못한 일을 해줘 고맙고, 소신과 신념, 용기에 박수를 보냈다.

의향의 보성군 곳곳에 1일 아침 '일본제품 불매운동' 현수막이 100여 개가 동시에 걸려 진풍경을 연출했단다. 각종 사회단체와 읍·면민이 자발적으로 일본상품 불매운동에 나선 것이다. 7일에는 호남에서 가장 먼저 3·1만세 운동이 펼쳐졌던 벌교읍 일대에서 결의를 다지는 시가 행진이 열린단다. 선조들이 의병으로 민족과 이웃을 위해 전쟁터에 나갔다면, 이제 후손들이 그 정신을 지키기 위해 나서야 할 차례라고 생각해 불매운동에 동참하자며 실천으로 이어가겠다고 의지를 피력했단다.

우리 영암군의 독립유공자로 문○○외 13명, 작년 11월, 제79주년 순국선열의 날을 맞아 신○○외 5명이 영암농민항일운동 관련자로 국가보훈처로부터 독립유공자로 추서되니 영암사람으로 긍지를 갖게 하였다.

영보 형제봉사건은 영암의 청년회원과 농민들이 1932년 5월 1일 덕진면 영보정에서 메이데이를 기념하여 항일만세운동을 시도했으나 실패하고, 그해 6월 4일(음력 5월1일) 영보리 형제봉에 수십 명이 모여 소작권 이전을 반대하는 결의를 하고, 마을로 내려와 소작인을 응징하고 항일만세 시위를 하다가 73명이 체포되었던 사건이다. 당시 시위대인 우리 선조들은

"일본인은 우리의 논과 밭을 내 놓아라."

"일본인들은 이 땅에서 물러가라"

총칼 앞에서 굽히지 않고 목숨을 내걸고 외쳤다. 지금 이 판국에 우리 후손들은 어떻게 처신해야 할 것인가를 깊이 생각하게 한다.

우리 정부가 일본의 만행에 맞대응하기로 한 만큼, 국민 한 사람, 한 사람은 일상생활에서 일본제품 불매운동을 실천하여 이 위기상황을 극복해 나가야 하지 않을까?

기이한 인연

여행을 떠났다.

내 준마 산타페는 만남의 시간에 늦지 않으려고 신나게 달려 주었다. 차 속에서 어릴 적 아내 친구들에 대한 아련한 추억담追憶談으로 꽃을 피웠다. 차창에 흩날리는 송학 가루가 우리 둘의 마음을 포근하게 감싸 주었다. 아내의 초등학교 동창 절친의 남편들을 생전 처음 만나려니 사랑하는 여인과의 첫 데이트 가는 설렘 같았다.

그녀들의 남편 셋은 70여 년 전, 민족의 비극인 한국전쟁에 아비 잃은 상흔傷痕이 아직도 가슴에 새겨져 지워지지 않는 유복자遺腹子들이다. 전쟁 피해자들의 쓰라린 생의 버팀목이 되어 주었던 그녀들이 부부 만남의 자리를 어렵게 주선했다. 그녀들의 남편 셋은 부선망 편모슬하父先亡 偏母膝下의 아들들, 그녀들은 홀어머니의 며느리들, 우연偶然인지 필연必然인지, 그렇게 동병상련同病相憐의 마음은 지난날의 고통스러운 삶의 편린片鱗과 파도 소리가 어울려 들리는 펜션에 이틀 밤을 인연의 끈으로 묶어 두기에 충분할 것 같았다.

서울에 사는 L 사장은 난리 통에 태어나 아버지의 얼굴도 보지 못했지만 그의 아버지는 사범대학을 졸업한 수재秀才로 이웃 마을까지 널리 알려진 청년이었단다. 한국전쟁이 터지자 마을의 후미진 곳에 땅굴을 파서 마을 사람들을 안전하게 피신시켜 인명피해를 막는 기지를 발휘했다고 한다. 그러나 그는 빨치산들과 한 통속이 되었다고 오해를 받아 경찰서에 연행되어 심한 고문을 받았단다. 무슨 큰 잘못을 저지른 것도 아닌데 이름 없는 고향의 야산에서 무자비하게 말 한 마디 하지 못하고 비참하게 총살당하고 말았다.

그의 사망 소식을 들은 가족들은 분통이 터지고 하늘이 원망스러웠으나 시신이라도 거두어야 하겠기에 찾아 나섰는데, 죽기 전에 얼마나 몸부림을 쳤던지 시체가 서로 뒤엉켜 난장판이 되어 도저히 얼굴의 형체를 알아볼 수 없었다니….

정신없이 시신을 뒤적이다가 입속의 금니를 보고서야 확인할 수 있었다며, 그가 눈시울을 적시니 우리들 가슴도 아리고 철썩거리는 파도 소리가 더욱 처량하고 쓸쓸하게 들려 애간장을 녹였다. 그렇게 어려운 상황에서 숙부 집에 얹혀살면서 구박 덩어리 노릇을 했다고 했다. 그렇게 가고 싶었던 학교도 가지 못하고, 어릴 적부터 어린이 지게를 만들어 노동을 시작했다고 했다. '그 어린 것이 물건을 지게에 나르면 얼마나 나른다고, 꼬마 머슴살이를 시켰을까? 그 고통이 얼마나 심했을까? 내 부모이었으면 그랬을까? 먹여주고 재어 주었다지만 초등학교도 안 보내고 일을 시키다니…,'

그렇게 유년시절을 보내다가 나이가 조금 들어 상경하여 갖은 고생을 하다가 자수성가하여 지금은 텅텅거리고 산다니…, 눈물을 글썽거리며 그 시절을 기억하기도 싫고, 숙부를 숙부라고 부르고 싶지도 않다며, 어른이 되어 생각해 보니 아버지의 유산이 있었을 텐데, 알려 주지도 않고…,

부산에 사는 J 사장은 어제저녁에 함께 하지 못하고 아침 식사 전에 도착하여 잠결에 서로 수인사를 했다. 펜션 뒤 자기 텃밭에서 금방 뽑아 온 싱싱한 채소와 어제저녁 때 사 온 횟감으로 아침 식사를 하면서 그도 돌아가신 아버지 이야기를 꺼냈다.

그의 아버지는 부지런한 농부였으며 마을의 서기장을 맡아 성실히 일하여 동네 사람들에게 칭송이 자자했단다. 그 당시 세계정세와 나라 안팎은 정치적 이념 충돌에 시끄러워도 그의 아버지는 신혼생활 중이었다고 했다.

아내가 임신하여 날마다 깨가 쏟아지는 행복한 나날을 보내고 있었다는 것이다. 한국전쟁 그 이듬해 9월 경찰들이 빨치산 토벌 작전을 버릴 때, 좌익 활동자나 부역자들을 색출하기 위해 마을의 젊은이들을 모조리 경찰서로 연행해 가는 무시무시한 상황이 벌어졌다.

그때 그의 아버지는 아무런 잘못이나 죄가 없으니 살아 있을 것이라고 가족들은 믿고 기다리고 있었는데, 느닷없이 그달 말 일경, 월출산 기슭에서 총살당했다는 청천벽력 같은 소식을 접했다고 한다.

가족들이 시신을 수습하기 위해 사살 현장에 가보니 그의 아버지는 머리와 가슴에 총상을 입어 처참하게 죽어 시신으로 발견되었다고 했다. 거적에 싸서 선산에 매장했다며, 자기는 세상에 태어나기도 전에 죄 없이 억울한 한을 짊어지고 하늘나라로 가신 아버지의 진실을 기어코 규명해 보겠다는 의지를 피력했다. 듣고 있는 우리들 모두는 똑같은 처지가 아닌가? 태어났으나 그의 아버지는 세상에 없었으니…, 친척 집을 전전하며 우선 먹고 살기 위해 배우지 못했는데 배움의 갈증을 달래고자 검정고시를 거쳐 중등과정을 마치고 고희에 대학을 졸업했다니 장한 생각이 들었다. 거기에 더해 한자급수 1급을 취득하여 평생소원을 성취한 불굴의 의지를 가진 멋진 친구였다.

이튿날 밤에는 아내가 직접 만들어 준 안줏감으로 막걸릿잔을 기울이며 초저녁부터 못다 한 내 이야기를 꺼냈다. 당시에는 제법 똑똑하여 초등학교를 졸업하고도 얼마 지나지 않아 학교 급사로 취직이 되었던 내 삼촌은 스물두 살 나이에 국민보도연맹에 가입되어 활동했던 일로 경찰서에 연행되어 한국전쟁이 터지자 '이승만 정권'은 7월 22일, 고향 야산 차내동 성방골에 젊은 청년들 100여 명을 뒷짐 지게 하여 밧줄로 손을 묶어 구덩이에 밀어 넣어 생매장하는 끔찍한 만행을 저지르는 사건을 그들은 저지르고 말았다. 국민의 재산과 생명을 지키고 보호해야 할 국가의 공권력이 어찌 이런 끔찍한 일을 저질 수 있었는지 그 후손으로서는 도저히 이해가 가지 않는 엄청난 사건이었다.

내 아버지는 국민보도연맹원의 형이니 같은 사상을 가졌을 것으로 생각하고 경찰 프락치는 면지서로 끌고 가서 12명과 함께 집단희생시켰다. 총살 당해 가족들은 아버지 시신조차 수습하지 않았다. 또 다른 가족들의 피해를 줄이기 위한 방편이었던지는 알 길이 없으나 그의 자식으로서는 묘소조차 없으니 원망스럽기 그지없다. 그런 불쌍한 내 아버지, 홀로된 홀어머니, 반정신병자로 살아가시던 조부모님, 쓰라린 한국전쟁의 피해 가족의 서러움을….

그러나 나는 10여 년 전, 국가를 상대로 진실을 규명하고 배·보상을 받아 억울한 한을 조금은 풀어 자식의 도리를 조금 했던 것 같다.

한국전쟁 영암군 피해 유족들은 1만2천여 명에 이르지만, 1기 진실화해위원회에 234명만이 진실이 규명되고 말았다. 나는 유족회장으로 활동하고 있으며 작년에는 사단법인을 등록하고 유족 사무실을 개설하여 코로나의 위기상황에서도 유족들을 만나 증인을 찾고 사실확인서를 공증받아 신청서를 진실화해위원회에 제출하여 지금은 조사관들이 현장 실사를 하고 있으며 증인들을 만나 구술사를 제작하여 진실규명의 한몫을 하는 일을 추진하고 있다.

올해 12월 9일까지 진실규명 서류를 제출해야 한다. 그리고 앞으로 3년간 진실을 규명하기 위한 현장 조사가 이뤄진다. 배·보상법, 적대세력, 소멸시효 등 법적인 일들이 나를 기다리고 있다.

다시는 돌이키고 싶지 않는 배움의 굶주림, 가난, 불러보지도 못하고 얼굴도 모르는 내 아버지, 형제 없는 쓸쓸함, 사막에 버려진 것만 같았던 한 많은 세월, 우리 세 부부는 한국전쟁의 슬픔이 맺어준 기구한 인연을 남은 생 동안 멋지고 끈끈하게 이어가기로 다짐하며 서로를 부둥켜안고 인연의 끈을 이어갔다.

우리들의 기이한 인연을 담은 파도 소리는 거제도의 밤을 그렇게 지새우도록 하지 않았나….

서예로 다시 만난 아이들

서예지도 요청이 왔다.

이미 교직의 끈을 놓았기에 망설였으나 여러 모로 좋은 점이 많겠다는 생각이 들어 그 제안에 쾌히 응했다. 3학년부터 6학년까지 학급당 6시간, 총 90시간, 미술 교육과정에서 서예 분야를 지도해 달라는 것이다. 시작한지 두 달째, 오늘도 오전 4시간을 지도하고 와서 마음이 뿌듯하다.

'아직도 나를 필요로 하는 곳이 있다는 자부심?' 별궁처럼 본관에서 떨어진 별동 4층 교실이 서예실이다. 시끌벅적한 애들의 재잘거리는 소리가 멀리서 들려 절간에 온 것 같은 착각을 하게 한다.

증심사 풍경소리가 들려오고 호랑나비가 교실로 날아드는 공기 좋은 교실이니 더욱 감사할 따름이다. '고사리 손에 자기 머리길이 만큼 한 큰 붓은 버겁나보다.' 연필로만 글씨를 쓰다가 갑자기 커진 필기구에 적응하지 못하는 것은 당연하다.

내가 시범으로 글씨를 쓸 때,

"어떻게 그렇게 잘 쓰세요?"

눈을 휘둥그레 하며 신기한 듯 쳐다보는 순박한 그 어린이들이 천사들 같다. 안 된다고 투덜거리고 짜증을 내는 아이도 있다. 참을성 없는 요즈음 애들에게는 무리인 것은 사실이다.

주의집중력이 부족한, 이 애들에게 연속 80분의 시간은 더욱 힘들리라. 낯선 선생님을 만나서 용케 앉아 있는 것만으로도 대견하다. 주의를 주나 손과 얼굴, 옷에 먹물이 묻어 엉망이다. 그러나 호기심을 가지고 눈을 번쩍이는 아이들도 있다. 가르쳐 주는 방법대로 침착하게 제법 잘 쓰는 아이가 내 손자처럼 귀엽다.

꿈속에서나 다시 만날 귀여운 아이들에게 내가 쓴 작품을 보여 주며 관심을 불러일으켜 본다. 그들이 먼 훗날 서예가의 꿈을 꿀 수 있게,

다시 찾은 교단에서 지난날 내가 서예 공부를 시작할 때 일이 주마등처럼 떠오른다. 광주 변두리 G 초등학교 관사에서 J 교사와 K 교사가 형제처럼 오순도순 같이 살면서 붓을 잡았다. 서로 질세라 하루도 빠짐없이 학원에 다니면서 2년 동안 열심히 기량을 익혔다. 문단에 등단하는 문학도처럼 학원생에게도 도미전道美展[1]에 출품하는 기회가 1년에 한 번 왔다. 기법을 제대로 익히지도 않고 남들이 출품하니 나도 무모하게 출품하였다.

---

1) 전라남도미술전람회 서예분야, 광주광역시 승격이후 광주시미술대전에 승계되기도 함

보기 좋게 두 번이나 낙선을 했다. 같이 공부한 두 사람은 입선을 하고 나만 낙선을 하니 더욱 자존심이 상했다. 창피하고 부끄러워서 더 이상 붓을 잡기 싫었다. '왜 이런 걸 배워 수모를 겪는단 말인가?' 후회스러웠다. 며칠 동안 잠도 제대로 자지 못하고 끙끙 앓다가 취미생활을 바꾸기로 결심한다.

초상화를 그리려 학원으로 달려갔다. 그것은 너무 재미있었다. '상업적인 화가가 되겠다.' 단단히 마음먹고 맹연습을 했다. 2개월이 훌쩍 지났다. 그 동안 익힌 필력 때문인지 학습 진도가 다른 학원생들보다 훨씬 빨랐다.

도미전에서 낙방한 스트레스를 눈과 코를 그리면서, 아인슈타인과 링컨을 그리면서 풀었으나 지나치게 많은 시간을 소비했고 세필細筆을 이용하다보니 시력이 갑자기 나빠졌다. 그리고 웬일인지 헛시간을 보내고 있는 것 같았다. 가서는 안 될 곳에 간 것처럼 불안하기까지 했다.

다시 서예 공부를 하기로 결심했다. 교직성장을 위해서는 서예가 더 바람직하지 않겠는가? 그 뒤 계속된 서예 연마로 교원 실기대회에도 여러 차례 출전하여 수상하였다. 그리고 도미전에 출품할 새로운 작품을 구상하여 맹연습을 시작했다. 건방을 걷어내고 초심으로 돌아가 법첩法帖[2]에 기초하여 충실하고 철저히 준비했다. 기본을 중시하는 연습을 매일 계속하며 두 번의 실수를 만회하기 위해서 나름대로 젖 먹는 힘까지 발휘한다. '작

2) 옛날의 훌륭한 글씨의 명적을 탁본하여 서예학습을 위해 책으로 만든 것.

품제작'에 심혈을 기울이고 정성을 쏟았다. '이렇게 노력했으니 최소한 입선은 되겠지?' 그러면서도 한편 두려움이 앞섰다.

이번에 또 떨어지면 더 이상 붓 잡을 용기가 나지 않을 것 같아서 이었다. 문학도가 연습한 작품 중에서 수작을 골라 투고하듯이 그 동안 피와 땀으로 몇 달 동안 맹연습하여 모아 둔 작품 중에서 최상의 작품을 골라 출품하였다.

가슴 떨리는 심사 날이 돌아 왔다. 심사결과, 500여 작품 중에서 13편이 선정되는 '특선特選'에 뽑혔다. 내 귀를 의심했다. '입선入選' 한 번 하지 않는 사람 작품인데 '특선'으로 뽑혀 문제가 제기 되었단다. '그게 왜 문제가 될까?' 의구심이 생겨 견딜 수가 없었다.

지상에 보도되기 전에 내 눈으로 결과를 확인하고 싶어 이튿날 새벽 심사위원장을 찾아가서 심사결과를 확인해 보았다. '특선자' 명단에 내 이름이 선명하였다.

"필력이 살아서 움직이는 수작이어 선했습니다."

심사위원장은 작가로서의 자세에 대한 이야기도 해 주었다. 그 뒤 공모전에서 몇 차례 더 낙선하는 쓴맛을 보면서도 포기하지 않고 시미술대전 추천, 초대작가로 지정받았다.

초보시절에는 공모전에 입선하는 것이 꿈이었으나 그것은 큰 잘못이었다. 각종 서체를 능란하게 구사하는 것이 진정한 서예가 일진데, 공모전에 한자의 오체[3] 중, 예서만을 즐겨 썼으니 절음발

---

3) 해서, 예서, 행서, 전서, 초서

이 서예가가 아닌가? 지난날 서예공부 방법을 후회해 보기도 한다.

그러나 이왕에 붓을 들었으니 다른 서체공부도 해야 했다. 늦었지만 법첩을 보면서 한글 궁체 정자를 몇 년째 흉내 내 보고 있다. 학교에 근무할 때 6학년 졸업생들에게 가훈 150 여점을 직접 써(화선지 1/4절 크기), 표구하여 교내에서 며칠 동안 전시하고, 졸업식 날 선물로 각 가정에 보냈다.

이 일을 3년 했는데 '특색 있는 졸업식'이라고 여러 신문사와 방송국에서 보도해 주기도 하였다. 젊은 시절 유흥놀이에 눈을 돌리지 않고, 먹 가는 일에 심취해 있었음에 후회는 없다.

글 잘 쓰는 사람을 보면 부러웠고 '나도 글을 저렇게 글을 잘 쓸 수 있을까?' 서예처럼 기회가 되면 공부해 보려고 마음먹고 있을 때, 지인의 안내로 조대평생교육원 이정심 교수님 문학산책반에 뒤늦게 뛰어 들었다. 교수님의 정성과 수업기술에 감탄하며 매주 숙제를 하지 않을 수 없다. 너무 재미있어 매주 화요일이 기다려진다. 서툴지만 서두르지 않고 조금씩 배우겠다.

지난날 서예 공모전에만 신경을 썼던 잘못을 이젠 범하지 않겠다. 문단 등단에 급급하는 조급함에서 벗어나 천천히 글 솜씨를 익혀 보고 싶다. 톨스토이는 매일 일기형식의 작품을 구성하여 일 년에 365점의 작품을 구성하였다니 문학도로서 본받을 만하나 나는 한 주에 한 편의 글이라도 습작하여 문학도의 일천 日淺을 면해 보고 싶을 따름이다.

P 형님과의 인연

옷깃만 스쳐도 인연이라 했다.

불가에서 형제는 9,000겁의 인연이 있어야 만날 수 있다고 한다. 「겁」이란 얼마나 긴 세월일까? 「무량대수」는 1에 0을 68개 부친 수이고, 「겁」은 그보다 긴 시간이란다. 힌두교에서는 43억 2000년이라고 했다. 지구가 탄생해서 존재할 때까지의 시간을 말하며, 중국의 황허강 모래알을 갈매기가 하나씩 옮겨 다 없어질 때까지의 시간이라고도 하였다. 또, 사방 1.5km 큰 바위 위를 100년에 한 번씩 선녀가 내려왔다가 비상할 때 치맛자락에 의해 닳는 시간이란다.

이런 긴 인연의 시간이 82년 K 초등학교에서 네 분 형님들과 시작되었다. 그중에서 P 형님은 교감자격을 취득하여 오셨고 실력이 대단한 분이셨다. 내가 2년 먼저 전입해 와서 나이나 실력과는 관계없이 학년주임의 역할을 해야 했다. 처음에는 두려웠다. '올 일 년은 퍽 고달프겠구나.' 각오를 단단히 하고 매사를 조심하면서 학년을 경영했다. 그러나 어떤 학년보다 일 추진이 잘 되고 무슨 일이든지 어려움 없이 척척 진행되었다. 의좋은 형제들이 모여 오순도순 사는 집안 같았다. P 형님은 학교행정가로 발령을 대기하고 있는 베테랑이니 못 할 것이 없어 그 덕이 컸는가 모르겠다. 그래도 나는 빈틈없이 학년 일을 내 집 일처럼 처리하려고 노력했다. 수업시간에 사용할 교수·학습 자료들은 미리미리 챙겼다. 과학 실험시간은 내가 첫 시간을 진행하고 다음 시간부터는 형님들이 수업하시도록 도와드렸다. 그해 6학년들을 무사히 졸업시키고 형님들과는 돈독한 정이 쌓이게 되었다.

그 후 각자 다른 학교로 전근했어도 인연의 끈은 떨어지지 않았다. P 형님과는 자주 만나서 많은 것을 전수하게 되었다. 만나면 만날수록 배울 점이 많은 분이셨다. 청빈과 정직을 배웠고 신앙인으로서 본을 받았다. 매사가 흐트러짐이 없었다. 교감 승진시험이나 논술을 잘 쓰려면 P 형님에게 지도받아야 된다는 사실들이 암암리에 알려졌다. 나도 그 소문을 듣고 늘 마음속으로 꿈을 이루고 싶었으나 실력이 부족한 처지라 엄두도 내지 못하고 있을 때 어느 날,

"신주임! 자네는 영원한 나의 주임일세."

"자네도 논술 공부 시작해보지 않겠나?"

"제 실력으로는 도저히,"

"그 무슨 말인가?"

"예, 알겠습니다."

기뻤다. 나에게도 도전의 기회가 생긴단 말인가?

그 뒤로 5년의 세월이 흐르는 동안 거의 매주 만났다. 바쁘고 어려움이 있으셨을 텐데도 약속을 어긴 일이 없으셨다. 매주 시험문제를 출제해 오셨다. 정해진 범위를 일주일간 열심히 공부해 가도 시험문제는 너무 어려웠다. 처음에 내가 쓴 논술은 졸작이어서 부끄럽기 그지없었다. 그러나 차츰차츰 엿가락 늘리듯 실력을 늘려 주셨다. 교수 실력은 대단하셨다. 내가 공부하지 않으면 안 되게 꽁꽁 끈으로 옭아매셨다. 열심히 배우고 익힌 공부는 여러 가지로 유용하게 쓰였다. 모두 P 형님의 크나큰 은덕이었다. 나를 그렇게까지 지도해 주실 줄은 꿈에도 몰랐었다.

그 뒤 퇴임하실 무렵에 P 형님 댁 가까운 곳으로 이사를 했다. 쉽게 자주 뵙기 위한 속셈이었다. 새벽, 밤중 어느 때나 서로 간에 어려운 일이 생기면 만나서 의논하고 대화하고 상담하여 일들을 처리하곤 하였다.

그러던 어느 날부터 P 형님은 예기치 못한 병으로 고생을 하시게 되었다. 암보다 무서운 병이었다. 서울 모 병원 무균치료실에서 한 달여를 치료하고 오셨는데 눈으로 볼 수 없을 정도로 야위어 마음이 아렸다. 화순 D 온천으로 모시고 가 목욕을 시켜드렸다. 피골이 맞닿아 회생이 가능할지 의심스러웠다. 그러나 워낙 신앙심이 두터운 분이라 생사를 초월한 기도 속에 서서히 예전의 모습을 찾아 가셨다. 정말 반가운 일이었다. 그런데 몸에 저항력이 떨어진 탓인지 몇 년을 버티지 못하시고 다시 폐렴을 앓아 화순 J 병원의 중환자실에 한 달 동안을 무의식 속에 깨어나지를 못하셨다. 그러나 다시 회복해 남평에 있는 요양원에서 회복 중에 계셨다.

올해 설, 3일 전에 P 형님으로부터 전화가 왔다.

"나 집에 가서 설 쇠고 싶어,"

"그러고 말고요."

"설은 집에 가서 쇠고 조상님께 차례를 올려야…,"

남평 요양원에 들리니 며칠 전에 악화하여 화순 J 병원으로 옮겼다는 것이다. 서둘러 차를 몰았다. 심상치 않겠다는 생각으로 병실에 들어서니 허리는 구부정하게 휘었고, 욕창 때문에 목욕을 하고 화장실에서 금방 나오셔 등을 사모님이 닦고 계시는데 이미 야윌 대로 야위었고, 얼굴에는 핏기가 없었다.

"죽음의 고통이 이렇게 심할지 몰랐네."

'설이고 뭐고 계속 입원하여 계시지.'

설을 쇠고 며칠이 지났다. 그 동안 전화도 못해보고 P 형님에 대해서 까맣게 잊고 있었는데 친구로 부터 부음 전화를 받았다. 너무 황당하였다. 손이 떨리고 믿어지지 않았다. 병원 영안실로 한숨에 달려가 보니 영정 사진 속의 P 형님은 활짝 웃고 계셨다. 그래도 마지막 퇴원을 나에게 부탁하면서 그 인연의 끈을 접으셨다는 생각을 하니 가슴이 찢어질 것 같았고 사실이 아닐 것이라는 생각이 자꾸 들었다.

'순수한 실력자, 수많은 제자들을 배출시키신 진정한 참 스승이셨습니다! 부디 하늘나라에서 영원한 안식을 누리시옵소서!'

낚시 간 하루

나는 낚시를 즐긴다.

이른 아침 시간에 조과釣果⁴⁾가 좋기 때문에 낚시 가는 날은 늘 서두르기 마련이다. 꼭두새벽부터 아내는 설날 아침처럼 떡국을 끓여 내 입맛을 돋운다. 봄철에는 보약이라며 찰밥과 직접 빚은 막걸리도 함께 도시락으로 챙겨주었다. 43년 공직 은퇴를 누구도 구속치 않아 삶의 여유를 즐길 수 있는데도 퇴직 초년생이라 괜히 짬내기가 어렵다. 오늘 아침 날씨는 좀 쌀쌀하다. 두툼한 옷을 입고 삶의 틀에서 탈출한 기쁨의 노래를 부르면서 부푼 마음으로 낚시터로 향했다. 소풍가기 전날 밤 잠못이루며 그 날을 기다렸던 유년시절처럼 마음이 설렜다.

오늘 낚시터는 영광 불갑지다. 일요일이지만 버스터미널 부

---

4) 낚시에서, 고기를 낚은 성과

근에 오니 차량의 숫자가 늘어났다. 생존경쟁의 세상에 나름대로 바삐 움직이는 차량 모습은 늘 생동감을 주었다. K여대 옆 고속도로를 지나 영광 방향으로 신나게 운행했다. 평소 자주 들리는 낚시가게 주인이 반가워했다. 먹잇감을 챙기고 다시 달렸다. 송산유원지 부근엔 강안개가 3미터 앞도 구분하기 어려웠다. 안개등을 켜고 차량속도를 낮춰도 위험했다. 이정표를 잘 못 봐 목적지를 벗어났다. 하는 수 없이 작년 여름철 밤낚시 때 월척 붕어를 낚았던 목적지로 향했다. 안개가 걷혀 그곳에 도착했다.

 작년의 손맛이 아직 지워지지 않은 장소에 자리를 잡았다. 저수지 안에는 보트를 탄 태공 세 명이 부지런히 떠들며 낚시도구를 펴고 있었다. 나도 최대한 빠른 시간에 자리를 정돈하고 대형 파라솔을 펴 햇볕을 가렸다. 적당하게 의자를 펴 자리를 정돈했다. 낚싯대를 신속히 폈다. 고기가 금방 잡힐 것 같은 기분이었다. 고기를 유인할 글루텐 떡밥 향이 너무 향기로웠다. 명경지수 明鏡止水라고 표현해도 손색이 없을 정도로 조용하고 깨끗한 저수지 물위를 향해 힘차게 낚싯대를 드리웠다. 찌가 멋지게 섰다. 안경을 고쳐 쓰고 열심히 찌를 응시했다. 정성을 다한 낚시채비에도 불구하고 고기는 먹이를 노리지 않았다. 강심을 낚는 태공이 아니라 조과가 적으면 재미가 반감한다. 앞쪽 보트까지 준비한 전문 낚시꾼도 이 저수지가 신통치 않는 것 같았다. 다시 시간이 흘렀다.

 '여기서 장기전에 돌입할 것인가? 다른 저수지로 옮길 것인가?'마음이 요동을 쳤다. 이 황금시간에 공연한 짓을 하고 있지 않나? 다른 낚시터로 가면 많이 잡을 것 같은데, 생각이 여기에 이르니 빠른 시간에 낚싯짐을 챙겨 자리를 옮겼다. 시계를 보니 10시였다.

스마트폰 Tmap을 켜서 변속기 옆에 두고 서서히 운행했다. 봄철 화창한 날씨는 낚시에 최고의 조건이다. 마음이 다급했다. 농촌의 2차선 도로는 한적했다. 밭에는 작년에 심어놓은 양파들이 젖살 오른 아기처럼 통통하게 잘 자라며 샛노란 개나리들도 나를 반겨 주었다. 평화로움을 맛보면서 운행을 하다 보니 긴장이 풀렸다. 콧노래를 부르면서 서서히 달리는데 약간의 커브 길에서 스마트폰이 차 바닥으로 굴러 떨어졌다. 도로변에 차를 세우고 스마트폰을 주어 다시 변속기 옆에 올려놓고 운행을 계속하면서 잠깐 스마트폰을 쳐다보는 순간 차가 덜거덩 했다. 고개를 드니 차는 중앙선을 넘어 반대편 도로 밭두렁 사이에 걸치고 앞에는 가로수가 차를 잡아 주었다. 후진하려니 움직이지 않았다. 안전벨트를 풀고 차 밖으로 나와 보니 몸은 이상이 없었다. 나를 잡아 준 가로수를 보니 껍질이 벗겨지고 반쯤 뽑힌 상태였다. 반대편에서 차가 오지 않았고 전봇대가 아니어 큰 사고를 면했다는 생각이 들었다. 차 앞부분을 보니 범퍼에 금이 가고 라이트가 엉망이었다. 지나가는 차량에서 젊은 운전자가 깜짝 놀라면서 몸 다친 곳은 없느냐고 물었다. 음주를 한 것도 아닌데 창피했다.

보험회사에 연락을 해 사고 접수를 하니 금방 견인차가 차를 꺼내 주었다. 범퍼를 끼우고 차바퀴에 묻은 흙을 닦아 운행해 M 정비공장에 수리를 맡겼다. 참 다행이었다. 시간의 여유를 낚으러 갔지만 빈손으로 사고를 내고 집으로 돌아오니 아내에게 부끄러웠다.

'아내와 같이 동네 앞산 산책이라도 할 것을, 이 좋은 계절에 일요과부를 만들어 놓고 혼자 낚시를 떠난 매정한 남편인 걸'

후회는 소용없는 일이었다. 아내는 김치를 담그면서 사고 내고 돌아온 남편이지만 반갑게 맞아 주었다. 정성스럽게 싸준 도시락을 집에 가지고 오니 쑥스러웠다. 그러나 이 음식을 다시 먹을 수 있음에 감사했다.

아내가 어제 저녁 꿈 이야기를 했다. 건강하고 시간에 여유가 있어 모처럼 일요일 낚시 떠난 남편에게 악몽 이야기를 하면 오히려 기분 나쁠 것 같아 안했는데 사고를 미리 짐작이나 한 듯 그만하길 천만다행이라 했다. 낚시 떠난 후 성모님께 메 달렸단다. 아내의 정성된 기도 덕이었을까? 내 생명과 아내의 사랑이 직결되어 있는 것일까? 나의 생명을 받쳐준 가로수는 내 아내 같았다. 내 생의 위험을 받쳐 준 버팀목이 아니었나?

진실을 꿰뚫는 안목

이순신이 녹둔도 전투를 한다.

여진족을 막기에 수적 열세를 판단해 지원군을 요청했으나 거절당했지만 지원군을 보내겠다는 뜻을 보인 이경록을 만나러 간 사이에 여진족 습격을 받아 참패를 당한다. 적의 공격을 막지 못하고 비겁하게 자리를 피해 패전했다고 임금은 이순신에게 백의종군의 형벌을 내린다.

장군은 1591년 '전라 좌수사'로 임명되어 수군을 정비하고 일본과의 전쟁에서 바다를 지키는 일이 중요함을 깨닫고 차근차근 수군의 힘을 길러간다. 조정에서는 서인과 동인이 사사건건 다른 생각을 하며 오로지 당리당략에 혈안이 된다. 일본의 침략 여부가 논쟁거리였다. 임금, 신하, 세자, 경상 우수사, 전라 좌수사, 휘하 장졸들도 전쟁을 보는 안목은 각기 달랐다.

1592년 4월 13일 일본군이 대한해협을 넘을 때쯤, 이순신은 일본침략에 대비해 노심초사하다 귀선龜船을 창안한다. 대단한 아이디어 작품이었다. 처음에는 모든 장군들과 병사들이 '나대용'의 공상空想이라 비웃지만 거북과 고슴도치의 생김을 상상하여 배를 제작하려는 부하를 인정하는 이순신의 탁월한 혜안이 번득였다. 심혈을 기우려 건조한 첫 작품이 실패하여 탄핵의 핍박을 받지만 해전을 승리로 이끌기 위해 거북선을 건조하려는 이순신의 생각에는 변함이 없었다. 코페르니쿠스적인 사고의 전환이었고 콜럼버스의 아이디어와 진배없었던 것이 아니었나?

당시 부산진과 동래성을 점령한 왜적이 계속 북상하자, 이에 당황해 남해 앞바다에 피신해 있던 원균의 구원 요청으로 옥포 해전을 벌려 왜선 26척을 격파하는 승리를 거두게 되어 이순신이 종2품 가선대부 상찬을 받았던 전공을 두고도 보는 시각은 달랐다.

세계 4대 대첩의 하나인 '한산대첩'에서는 적진을 자세히 탐색하고, 지세와 조류, 바람, 배의 특성, 무기의 특징을 살리는 탁월한 전법이었다. 적을 유인하여 학이 날개로 먹이를 감싸며 머리를 쪼아 대는듯한 학익진 포위 작전을 벌려 59척 배와 일본군 6천여 명을 격파해 임진왜란을 수세에서 공세의 국면으로 전환하는 계기를 마련한 셈이었다.

전쟁 중에 수군들의 명령체계를 공고히 하기 위해서 무과시험을 좌수영에서 치루며 반상을 구별하지 않고 시험과목을 해전 실기 위주로 치룰 결심을 굳히니 임금은 크게 노하여 세자와 윤두수를 보내나 뜻을 굽히지 않음에 그 연유를 세자에게 묻자,

"세종대왕은 천민 장영실을 인정하고 기용해서 혁혁한 과학기술의 발전을 가져왔지 않았습니까?"

세자가 자기보다 영민함에 감탄하여 이순신 생각대로 무과시험을 치르게 하여 군관을 임명했다. 세상 보는 안목에 감탄한 수군들은 더욱 온 힘을 다해 강력한 수군체제를 갖춘다.

이순신은 연전연승을 기록하고, 49세의 나이로 삼도수군통제사가 되었지만, 1597년 선조로부터 파직을 당하고 역모 죄로 갖은 모독과 고문으로 죽기 직전에 파 죽음이 되어 백의종군으로 군영에 보내졌다. 한편, 원균은 임금의 잘못된 명령임을 판단하고도 줏대 없이 무모하게 출전하여 300여 척의 배와 수많은 수군들을 물귀신으로 만들고 적의 칼 앞에서야 자기 잘못을 시인하는 어리석음을 보였으니 후대의 역사는 그를 어떻게 평가할까? 선조 임금만이 이순신과 같이 그를 1등 공신으로 생각했다면…,

패전하고 남은 12척의 배로 왜군 333척에 대항할 생각이라도 할 수 있었겠는가? '필사즉생必死則生' 죽기를 각오한 싸움에 이순신은 울돌목의 수로가 협소하고 물살이 거센 점을 이용해 수중에 여러 가닥의 철사를 꼬아 만든 철삭으로 수로를 막고, 은폐를 위해 부녀자들이 강강술래를 부르며, 전선들이 일자진을 형

성해 집중 함포사격을 하여 왜군을 전멸시켰던 역사에 길이 남을 명량해전. 23전 23승, 쫓기는 왜선을 겨냥한 마지막 노량해전에서 갑옷도 벗은 채, 총탄을 맞고도,

"전세가 급하니, 나의 죽음을 알리지 말라."

이순신의 충심을 조선이 마음속에 새겼더라면 36년, 나라를 일본에 빼앗기는 않았을텐데…,

'내 비밀을 알려줄게. 매우 간단해. 마음으로 보아야만 제대로 볼 수 있어. 중요한 것은 눈에 보이지 않거든.' 동화 어린 왕자의 한 구절이다. 전쟁 전후에 동인·서인, 임금·세자, 원균·이순신의 가장 큰 차이점은 눈에 보이는 사실과 숨은 진실을 찾는 안목에 있지 않았을까.

제5장

봉선화 꽃물 들이던 날

澄鏡浦合新月落 寒松鎭
碧煙雲錦蒲地坮蒲竹塵
寒亦有海中儂

德松 愼重宰

黃喜 詩「鏡浦臺」

성가정을 꿈꾸며

신부님이 전교에 대해 말했다.

예년과는 달리 세밀하고 구체적인 방법이었다. 우선 미사 전, '입교를 위한 전 신자들의 기도'를 하여 주님의 마지막 유언을 되새겨 보자고 하였다. 레지오 단원들은 예비신자를 물색하여 '입교자 봉헌카드'에 이름을 올려 하느님께 봉헌하고, 그들을 입교시켜서 세례받을 때까지 기도하며 정성으로 돌보아 새 식구로 만들자고 했다.

한 눈에 확 띄는 입교 홍보 전단지도 제작하여 주보에 끼워 신자라면 누구나 전교하도록 활동 거리를 주셨다. 교황님의 초상이 들어 있는 대형 입교안내 포스터를 제작하여 대중이 많이 다니 곳에 부착하도록 했다. 입교식이 있을 몇 주 전부터는 주일 아침부터 액션 단체에서 성당 마당에 예비자 접수대를 설치하고 환영했다. 예비자 가슴에 꽃과 명찰을 달아주고 성당 안으로 친절히 안내하여 미사에 참례토록 하였다.

나도 가족들을 전교하고 싶었다. 며느리들이 선뜻 응해줄지 몰라 망설였다. 그러던 지난 어버이날 가족 식사 모임이 있었다. 괜히 잘못했다가 강제성을 띤 입교는 오히려 시부모와의 갈등이 생길 것 같아 망설이다가 작은 며느리에게 슬쩍 말을 꺼내 보았다.

"작은 아가! 예비자 입교식이 있는데..."

"예, 아버님! 형님과 함께 이번에 입교하기로 맘먹고 있어요. 애들도 함께 하느님 자녀가 되기로 약속해 두었습니다."

"어휴! 그래, 정말 고맙구나! 그럼 한꺼번에 네 명이나 입교를 하게 된다는 말이냐? 어버이날 선물치고는 최고의 선물이구나!"

성가정 꿈의 일차 관문을 통과한 기분이었다. 조금 늦게 참석한 큰 며느리는 우리가 세례받으면 아비도 냉담 풀고 신앙생활을 하기로 약속했단다.

드디어 입교식 날이었다. 우리 쁘레시디움이 교통 봉사 일이라 성당 입구에서 차량 안내를 하고 있는데 큰 며느리 승용차가 성당으로 들어왔다. 그때, 2학년 손녀 서윤이가 차 문을 내리고 할아버지를 부른다. 몇 분 뒤, 길 건너편에서 유치원에 다니는 손녀 수현이도 나를 부르며 뒤뚱거리며 달려왔다. 우리들은 성당 마당에서 서로 껴안고 동동 뛰며 반가워했다. 손녀, 며느리들과 함께 미사를 참례하고 입교자 환영식이 있었다. 예비자들을 신자들 앞에 소개했다. 우리 며느리, 손녀 네 명이 너무 자랑스러웠다. 입교자 숫자는 32명으로 어느 때보다 늘었다. 모두 열심히 교리 공부해서 세례를 받기를 기원했다.

나는 1983년 영세 후, 지금까지 레지오 활동을 하면서 성가정을 이루는 것이 꿈이었으나 자식들은 유아세례를 받고 신앙생활을 하다가 어느 날부터 냉담을 하고 있어 마음 한구석이 늘 서운했다. 불혹이 넘은 자식들을 억지로 성당으로 끌고 갈 수도 없는 일이었다. 며느리들에게 전교의 불씨가 앉는다면 아들들과 딸들까지 냉담을 풀고 성가정을 이룰 수 있을 것만 같은데…

그래서 올해 입교 기회만큼은 놓칠 수가 없다는 생각에 작년부터 새로운 방법을 택하기로 했다. 팔만대장경의 목판을 조각하여 외적을 물리칠 백성들의 정신을 한곳으로 모은 호국 승려들처럼, 자식들의 전교를 위해 성경을 필사하기로 맘먹었다. 지금도 틈을 내서 열심히 쓰고 있다. 매일 묵주기도 지향도 '자식들의 입교와 회두를 위하여' 바치고 있다.

한편으로, 한국전쟁의 환난을 겪었던 내 고향 영암 유족들을 아내와 함께 찾아가서 위로하고 법적으로 필요한 증인들의 서류를 작성해 공증을 받는 봉사활동을 2년째 하고 있다.

영국이 낳은 최고의 기타리스트인 '에릭 클랩튼'은 히트곡을 내지 못해 슬럼프에 빠져 술과 마약으로 살 때 태어난 아들이 '코너'였다. 그는 아들을 위해 새 삶을 살아 보려고 애썼으나 매

번 실패하고 결국은 별거한 아내와 아들이 살게 되었다. 크게 반성한 그는 술과 마약을 끊고 아들과 만나 동물원에 가기로 약속했다. 그런데 아들은 'I love you'라는 편지 한 장을 남기고 아빠를 기다리다가 베란다에서 추락해서 죽는다.

무엇인가를 얻으려면 무엇인가를 지급해야 한다는 것이다. 이것을 '기회비용'이라고 한다. 예수님께서 하느님 나라를 '밭에 묻힌 보물과 같다'라고 했다. 밭을 갈다가 보물을 얻으려면 자기가 가진 재산을 팔아 그 밭을 사야 한다. 이렇듯 하늘나라의 행복을 얻으려면 자기의 재산을 팔아야 한다. 하늘나라의 행복을 얻으려면 기회비용을 지급해야 한다는 것이다.

젊음을 희생하신 내 어머니의 기회비용으로 우리 가정을 고목에서 새싹이 돋게 했고, 우리 부부 또한 내 자식들을 위해서 우리를 필요로 하는 것에 기회비용을 제공해야 한다고 생각한다. 작년 성탄절에 세례받은 내 자식들 또한 참 주님을 알아 모시지 않을까 싶다.

父母가 반 孝子

미생물 코로나 19 바이러스에 세계의 온 인류가 크나큰 진통을 겪고 있다. '모든 것은 그냥 지나가리라.'라고 생각했던 재앙은 중국 우환을 비롯해서 강대국 미국, 올림픽 개최를 빙자해 꼭꼭 숨기던 일본까지 전파 속도가 가속을 붙이고 이스라엘, 스페인 선진국들도 어쩔 수 없는 사태다. 어떤 뉴스에서는 코로나 19 대처 덕분에 우리나라가 세계 10대 선진국에 들었다는 이야기가 나왔다. 아프리카에서는 진단카드 5만 장을 수입하고 한편으로는 우리나라의 방제계획을 극찬한다니 불행 중에 다행한 일이기는 하다.

만물의 영장인 인간이 이런 땐, 저 하늘을 맘껏 나는 참새 한 마리보다 못하고, 아무 일도 없다는 듯이 흐드러지게 피어 자태를 뽐내고 있는 벚꽃보다 우수하다고 말할 수 있겠는가? 지구촌이 한 가족으로 함께 숨 쉬며 달나라에 가고, 몇 초 안에 세계 속의 정보를 공유하는 IT의 세상이지만 하루에 수 천 명씩 죽어가는 인명을 구제할 수 없다는 안타까운 사실은 우리 인간이 더욱 겸손하면서 자연에 순응하고 거역하지 말며, 동식물도 내 몸처럼 사랑하고 함께 살아가는 지혜를 찾아야 하지 않을까 한다.

이럴 때일수록 면역력이 부족한 노인들은 타인과의 거리 두기에 신경을 써야 하고 매일 꾸준한 운동은 필수라고 생각해 우리 부부는 도시락을 준비해 마스크를 쓰고 공기 좋은 산책로를 돌며 몸을 추스른다. 몇 개월을 그렇게 하다 보니 군살이 빠져 다이어트에 효과가 나타난 것 같다. 아내의 손을 잡고 거닐면서 우리 가족의 건강과 이웃이 코로나 19를 이겨내고, 이 일에 봉사하고 있는 의사를 비롯한 간호사, 봉사자들에게 힘과 용기를 주시라고 끊임없이 성모님께 간구하고 묵주기도를 드린다.

산책을 하면서 나에게 또 하나의 취미가 생겼다. 휴대폰 유튜브에서 아내는 미스터 트로트를 즐기고 나는 고전철학을 듣는다. 어느 날 도올 김용옥 선생의 논어 이야기를 듣던 중, 집에서 닭을 기르면서 어미 닭에게 많은 것을 느끼고 배웠다면서 어미 닭이 21일 동안 물도 마시지 않고 알을 품어 병아리로 변신시키는 인내심, 10여 마리가 넘는 새끼 병아리에게 온 힘을 다해 먹이를 물어다가 먹이고 적으로부터 보호하는 모습, 스스로 살아가도록 훈련하는 어미 닭에서 부모의 참모습을 보았다는 것이다. 공감이 가는 이야기를 했다.

이 이야기를 듣고 나서 아내의 생각을 물었더니 나와 같은 생각을 하였다. 이럴 때, 자식들에게 우리도 어미 닭과 같은 역할을 해보자. 급히 양동시장을 들러서 미나리 홍어 무침, 열무김치, 파김치, 시금치 무침, 천둥 오리탕, 게장, 달래와 냉이 무침, 방풍나물, 반찬거리를 올망졸망 사 들고 와서 아내는 부지런히 요리 솜씨를 뽐냈다. 나도 자식들이 맛있게 먹고 코로나 19를 이겨낼 힘을 기를 것 같아 청양고추를 다듬고, 마늘, 생강, 양파를 부지런히 손질하고 세척을 도왔다. 자식들 덕에 감칠맛 나는 홍어 무침에 막걸리 한 잔은 혀까지 넘어갈 것 같은 최상의 맛이었다.

광주에서 사는 아들들은 퇴근하여 만든 반찬을 가져가기로 하고 서울에 사는 딸내미들에게는 우체국 택배로 6시 안에 붙여야 하니 정신없이 서둘렀으나 겨우 마감 10분 전에 우송을 완료하고, 이마에 땀을 훔치며 허리를 폈다. 아들들은 우리들이 즐기는 싱싱한 참외와 토마토를 사 들고 와서 입이 귀밑에 걸렸다. 밤늦은 시간에 딸들에게서도 부모님의 정성과 사랑의 반찬 선물을 잘 받아 배가 터지도록 맛있게 밥을 먹었다며 고마운 마음을 전해 왔다. 부모와 자식 간의 짜릿한 마음이 통하는 것 같아 가슴이 따뜻해졌다. 어미 닭의 사랑 같은 것을 느끼게 했다.

천국에 계신 어머니의 말씀이 그리움으로 다가왔다.

"효도는 부모가 반 효자가 되어야 한다."

반찬을 담아 주니 자식들이 과일을 사 오고 우리들 옷이며 생활용품을 사서 보내면 친구들에게 효자, 효녀라고 자랑하고 싶듯이 어머니도 내가 사서 간 먹을거리나 며느리가 사 보낸 옷들을 입으시며 우리 며느리가 먹을거리는 내 입맛에 최상이며, 며느리가 사준 옷은 너무도 잘 어울린다며 동네에 친구들에게 자랑하셨던 어머니는 늘 이 불효자 내외를 효자, 효부로 만드셨던 같다. 그때는 어머니의 깊은 속마음을 잘 몰랐다.

농사를 지어 쌀 방아를 찧어 와, 손익계산을 해 보면 도저히 이해타산이 맞지 않았는데도 어머니는 매년 그 일을 하시면서 무농약, 무공해 식량을 내 사랑하는 손자, 손녀와 아들 내외를 먹이겠다고 우기셨던 것이다. 배추를 길러서 김장거리를 장만해 주시면 부대비용이 훨씬 더 들어갔다. 기르며 고생하신 노고와 나는 휴일까지도 반납하여 공부하고 취미생활을 즐기던 시절이라 시골에 내려가서 일손을 거들기에는 턱없이 시간이 부족하였음에도 농사는 시기를 놓치면 안 되기 때문에 어머니를 찾아가야 했다. 늙고 병든 어머니는 조금만 서운해도 전화를 하여 호통을 치시곤 했다. 그럴 때는 정말 짜증이 나고 싫었다. 지금 생각해 보면 어머니의 사랑을 가볍게 생각했던 불효 막급했던 지난날들이 정말 후회스럽고 부끄럽다.

> "아비는 아비답고, 자식은 자식답고, 형은 형답고, 동생은 동생답고, 남편은 남편답고, 아내는 아내다워야 집안의 도가 바르게 되리니, 집안을 바르게 함에 천하가 안정되리라."
>
> 〈주역에서〉

골프로 가족 사랑 엮어 준 딸

골프를 치러 갔다.

25년 전에 개장한 곳이다. 역사를 자랑하는 골프장이라서 그런지 입구에서부터 철쭉꽃이 양편으로 나란히 잘 정돈돼 환하게 웃으며 우리를 반겼다. 양탄자를 깔아 놓은 듯 깔끔한 잔디, 코스 주위를 둘러 바람을 막아주는 수려한 수목들의 배치는 사람에게 일체감을 안겨 주는 듯, 오르내림이 어울려 지루하지 않는 천혜의 코스, 4계절 아름답고 신비로운 변화의 27홀, 쾌적하고 편안히 라운딩을 즐길 수 있도록 설계된 최상의 요람이랄까. 코로나 19 바이러스 무균지역임이 틀림없을 것 같다.

오늘은 우리 부부가 골프 머리 올린 지, 1년이 되는 날이다. 그날을 기념해 그동안 쌓아온 기량을 점검해 본다며 자식들이 숙제 검사하는 선생님처럼 나섰다. 작년 그때 이후, 가을까지 매주

서너 번, 순창 파3 골프장(9홀 2시간 소요)에서 부지런히 연습했으나 코로나 19 때문에 몇 달 동안 쉬었다. 그런데 다시 기량을 점검받으려니 부담이 갔으나 자식들인데 어쩌랴, 한편, 이 나이에 자식들과 함께 어울려 노는 것만으로도 행복하지 않는가?

전반 9홀은 45타(9타 오버), 두 번째의 파4 홀에서 버디를(3타에 홀인) 했다. 드라이버가 잘 맞아 2번째 공이 그린에 올라 퍼팅 한 번, 땡그랑 하고 경쾌한 음을 남겼다. 내 구력에 기적이란다.

"코로나 위험 속에서도 연습장을 날마다 다니더니만 일냈군요."

후반 들기 전, 그늘 집에서 시원한 맥주 두어 잔은 간장까지 서늘하게 해 기분이 아주 상쾌했다. 이 맛과 즐거움을 무엇에 비기랴!

후반전 9홀에서는 긴장이 풀리고 술기운 탓이었던지 52타(16타 오버), 저조한 성적을 내고 말았다. 그러나 맘껏 웃고, 부자간, 모녀간, 서로 가르치고 배우며, 큰 실수 없이 자기 기량을 맘껏 발휘해 연휴 서막을 장식했다. 캐디가 나에겐 초보라고 '머리를 잡아 두어라. 공을 정확히 맞춰라' 세세한 개인지도를 겸해 주니 나는 좋았는데, 자식들은 집중력을 떨어뜨려 점수가 나지 않았다고 투덜거렸다. 나도 좀 더 욕심을 버리고 긴장하여 정석 스윙을 했더라면 이렇게 무너지지는 않았을 텐데 하는 아쉬움은 남았으나 1년 전보다 10여 타를 줄였지 않았는가? 잡힐 듯 잡히지 않는 무지개 같은 것.

이틀 후, 딸들과 함께 함평 L CC로 출발했다. 골프장에 가까워지니 빗방울이 떨어졌다. 옷까지 얇게 입고 와 비 맞으면 감기

걸리겠다고 입장료를 환불받아 실내골프장으로 가기로 했다. 딸들에게 그동안 연습한 결과를 또, 테스트 받았다. 몇 번밖에 가보지 않는 실내골프장은 적응력이 더욱 떨어져 필드에서보다 점수가 나지 않았다. 프로 딸이 테스트 결과를 강평했다. 기본자세가 흐트러지고 리듬감이 부족하다는 것이다. 시범을 보이고 연습을 시켰다. 큰딸은 조교 역을 맡아 내 몸을 바로 잡아 주었다. 가르쳐 준 대로 쳐보니 공 맞는 소리부터 경쾌했다. 비거리도 월등히 좋아졌다.

"아! 이런 것이군!"

어제 배운 것을 실천해보고자 이른 아침 골프 연습장으로 달렸다. 배운 대로 실행해보니 흥이 났다. 50분이 금방 지나간다. 내 스스로 만족했다. 참 신기하였다. 단숨에 될 리는 없겠지만 내가 생각해봐도 며칠 전과는 확연히 달라진 것 같다. 연습을 하고 와서 딸들과 점심을 먹는데, 아내가 묻는다.

"프로 딸이 가르쳐 준 대로 쳐보니 잘 되던가요?"

"그게 그리 쉽겠는가만 조금 좋아진 기분은 들어"

명쾌한 대답이 나오지 않는 것을 눈치 챈 아내는 딸들에게 말했다.

"너희들 몇 시에 서울로 올라갈 거냐? 아빠는 매사에 조금만 부족해도 잠을 못 주무시는 성격이니 점심 후, 실내연습장에 가서 한 번 더 정확히 가르쳐 드리는 것이 어떨까?"

미국 골프대학까지 유학을 다녀와 골프 개인지도를 하고 있는 딸의 실력을 골프 시작할 때는 대수롭지 않게 여겼다. 그러나 오늘 4시간 동안 큰딸과 작은딸이 번갈아 가며 지도한 실기능력은 대단했다. 골프의 꽃이라는 나의 드라이브 기술이 월등히 달라졌기 때문이다. 공을 정타로 맞추니 130여 m에 불과했던 비거리가 최장 210여 미터를 넘기니…

작은 딸에게는 늘 미안한 생각이 든다. 대학 다닐 적부터 보통의 범주를 넘어나니 탐탁하게 여겨 주지 않아 아빠의 호응 없이 프로골퍼를 걸머쥐고 미국 유학길까지 오를 때 얼마나 힘들었을까? 부모로서 뒷바라지가 부족했던 지난날들, 경제적 자립까지 훌륭하게 했으니, 대견스럽고 자랑스러운 딸, 모진 세파를 이겨내고 용감히 서울 강북의 고급 APT에서 살고 있는 효녀 딸.

나는 작은 딸을 우리 집의 '콜럼버스'라고 칭한다. 신대륙을 발견한 그의 달걀 세우는 일화에 작은딸을 비교하곤 한다. 뾰쪽한 부분을 깨서 알맹이를 빼고 달걀을 세우는 것을 보고 나도 그런 것은 할 수 있겠다고 했겠으나 깨서 세우기 전에 그런 생각을 하게 된 창의성을 높이 산 것이 아닌가.

내 딸은 우리 가정의 고정관념을 과감히 깨트렸다. '잘난 딸하나 열 아들 부럽지 않다'는 말이 헛말은 아닌 듯, 2년 전만 해도 상상하지 못할 우리 집안의 풍경이지 싶다. 칠십을 넘나드는 우리 부부를 골프 연습에 매진하게 만들었고, 골프 이야기로 꽃피우는 가족 간, 사랑의 대화는 작은딸의 덕인 듯.

농부의 마음

아침에 주말농장을 갔다.

장마가 계속되어 며칠 동안 가보지 못했다. 고추가 제대로 자라고 있는지 궁금했다. 농장에 도착하자마자 까무러치게 놀랐다. 이럴 수가 있단 말인가? 엊그제까지도 그렇게 싱싱했던 고추나무가 벼락 맞은 나무처럼 말라 비뚤어진 고추만이 빨갛게 달랑거렸다. 고춧대가 땅에서부터 시커멓게 썩어가고 있었다. 주인을 부르며 몸부림친 흔적이 보인다. '고추들아! 미안해! 얼마나 힘들었니?' 누가 볼까 봐 빠르게 고춧대를 뽑기 시작했다. 아내는 남아있는 고추라도 따야 한다며 죽은 자식 만지듯이 얼리면서 억지로 말라 빨갛게 쭈그러진 고추와 싱싱한 것을 추려서 따기 시작했다.

속상해 죽겠는데 아내가 서운함을 털어놓는다.

"당신이 비료를 많이 뿌린 탓이 아닐까요?"

두 번째 열무 씨를 고추 고랑에 심을 때, 복합비료를 몇 줌 뿌리고 닭똥퇴비를 뿌렸다. 열무는 하나도 싹트지 않았다. 싹이 나와도 농약을 뿌리지 않으니 눈 깜빡할 사이에 벌레 밥이 되고 말았다. 처음에는 고추 고랑에 풀도 나지 않게 하고 부드러운 잎을 얻기 위해 열무 씨를 뿌려 작황이 좋았다. 두 번째는 완전히 실패한 것이다. 비료 기운이 고추 고랑에 잠겨 그 독으로 죽은 것일까? 계속된 장마로 물 빠짐이 좋지 않았던 탓일까?

옆 도랑을 임대해 채소를 재배하는 A 씨는 "사장님은 얼마나 농사를 많이 지어 보셨으면 채소를 이렇게도 잘 기르세요? 이런 큰 가지는 내 생전 처음 봅니다. 생으로 가지 포를 떠서 잡숴 보세요. 너무 맛있을 것 같아요. 열무도 밭고랑에다 그렇게 잘 재배하시고 청양고추도 최상품입니다."라며 칭찬한다.

"별 말씀을 다 하세요. 농촌에서 살다 보니 조금 지어 본 것이죠. 다 하느님이 길러 주시지 않겠어요."

그러면서도 나는 뽐냈다. 그 분 밭도랑의 감자재배는 형편없이 풀만 길렀고 고추 농사도 엉망이었다.

'이 부근 밭에서는 내가 최고의 채소를 기를 거야!' 고추밭 고랑에 길렀던 열무는 너무 많아 이웃들과 나누는 기쁨도 맛보았다. 무공해의 열무김치를 맛있게 담가 자식들에게도 부모의 정성을 나누었다. 그러다가 이 황당한 꼴을 보니 쥐구멍에라도 들어가고 싶었다.

"이번 기나긴 장마로 논밭의 작물을 잃고 인명피해하며 재산피해가 전국으로 엄청난데 이런 것쯤이야 잊읍시다. 금방 가을무를 뿌리면 되니 너무 속상해하지 마세요. 장마 때 고추 고랑에 물을 뺐어야 했는데 방심한 탓이오. 고추는 열대식물이라서 도둑을 높게 해서 물 빠짐을 좋게 해야 하고 장마 때에는 고춧잎을 가리기 위해서 비닐을 덮는 농가도 있답니다. 그런 수고를 하지 않은 대가를 치른 것 아니겠소."

아내가 위로해도 기분이 풀리지 않았다. 그런 가운데에서도 따온 고추가 세 봉지였다.

"냉장고에 넣어 두면 오랫동안 양념감으로 충분할 것 같소."

아내는 흡족해했다. 집에서 기르던 반려견이 죽으면 부모가 돌아가신 것처럼 장사 지내며 우는 사람들이 있다더니 그들의 마음을 이해할 것 같았다. 아침 꿈속에서 신병으로 신음하는 친구가 보이더니 고추가 대신 죽다니, 이상야릇했다.

내 손바닥 위에 올려놓고 무게를 잰다.
바람과 천둥과 비와 햇살과
외로운 별 빛도 그 안에 스몄네.
농부의 새벽도 그 안에 숨었네.
나락 한 알 속에 우주가 들었네.
세상의 노래가 그 안에 울리네.

쌀 한 톨의 무게는 생명의 무게.

평화의 무게.

농부의 무게.

세월의 무게.

'쌀 한 톨의 무게는 얼마나 될까?'란 노래다. 쌀 한 톨의 무게는 0.02g밖에 되지 않지만 그 한 톨이 생산되기까지 겪을 농부들의 수고로움에 머리 숙인다. 오늘 아침, 나 같은 황당한 꼴을 농부들은 농사를 짓고, 가축을 기르며 얼마나 많이 겪을까?

[서구청]의 호우경보로 '영산강 범람 위험, 서창동 영산강 침수위험지역에 거주하는 주민은 지금 즉시 서창동 주민센터로 긴급 대피하여 주시기 바랍니다.'

시도 때도 없이 날아드는 코로나 19의 중대본 문자들을 비롯한 지자체들의 계속되는 안전문자, 긴급재난 문자는 우리들의 일상을 얼룩으로 물들인다.

봉선화 꽃물 들이던 날

봉선화가 활짝 피었다.

먼 옛날 백제 골에 착한 여인이 살았다. 어느 날 밤, 그녀의 꿈 속에 아름다운 선녀仙女가 나타나 예쁜 봉황鳳凰 한 마리를 선물 했다. 그 뒤 여인은 달덩이 같은 예쁜 딸을 낳아 봉선鳳仙이라고 불렀다.

그녀는 자라면서 거문고를 잘 뜯어 임금님 앞에서까지 연주 할 정도였다. 그러나 안타깝게도 병이 들어 시름시름 앓아 누었 다. 사경死境을 헤매고 있던 어느 날 임금님이 동네 앞을 지나간 다는 말을 듣게 되었다. 죽을힘을 다해 일어나 손끝에서 피가 흐 르는 줄도 모르고 구슬프게 연주를 했다. 그 연주 소리를 듣던 임금님이 방으로 들어와 봉선이의 연주하는 모습을 보고 너무 불쌍해 백반 가루를 손톱에 발라 무명천으로 꽁꽁 동여매어 주었다. 그러나 그런 정성도 소용없이 끝내 봉선은 죽고 말았다.

그의 부모는 구슬피 울며 사람들이 많이 다니던 앞산 고갯길에 그녀를 묻어 주었다. 얼마 지나지 않아 그녀의 무덤에서 빨간 꽃이 예쁘게 피기 시작했다. 사람들은 이름 모를 그 꽃이 얼마나 아름답던지 꽃잎을 따서 손톱에 물을 들여보았다. 신기하게도 손톱에 물이 빠지지 않고 너무나 고운 손톱이 된 것이다. 그 뒤로 매년 여름철이 되면 여인들이 손톱에 물을 들이고, 봉선이의 이름을 따서 그 꽃을 봉선화鳳仙花('봉숭아'는 한글 표기)라고 부르게 되었다. 이런 슬픈 전설을 가진 봉선화는 봉선 낭자처럼 '순진한 소녀' 또, '결백' '나를 건드리지 마세요.'란 꽃말을 가지고 있다.

여름철에 들였던 봉선화 꽃물이 첫눈 내릴 때까지 손톱에서 빠지지 않는다면 첫사랑이 이루어진다는 전설이 있다. 고려의 충선왕이 왕자일 때, 나라 형편이 어려워 몽골에 볼모로 끌려가게 되었다. 당시 함께 따라갔던 한 시녀는 어릴 때, 언니와 함께 다정히 봉선화 꽃물 들였던 추억을 되살려 손톱에 꽃물을 들이면서 고향을 잊지 않았다. 왕자도 그녀의 그런 모습을 보면서 사랑하는 조국을 생각했다. 언젠가 이 위기를 넘기면 고려로 돌아갈 수 있을 것이라는 희망을 품은 것이다. 좌절하지 않고 용기를 얻어 유배 생활을 꿋꿋이 견뎌낼 수 있었다. 왕자가 무사히 고려로 돌아와 왕위에 오르게 된다. 그 시녀를 왕비로 삼고 궁녀들에게도 봉선화 꽃물을 들이게 했다고 한다.

손톱에 들인 봉선화 물이 빠지지 않으면 수술할 때 손톱을 뽑아야 한다는 검증되지 않는 말도 있다. 수술하기 위해 마취를 할 때, 산소공급 말초혈관 순환상태를 손톱, 얼굴, 입술의 색깔 변화를 통해 확인한다고 한다. 저산소 혈증이 나타날 때는 손톱과 발톱이 파랗게 변하기 때문에 수술하기 전에는 화장이나 매니큐어를 지워야 한다고 한다. 그러나 지금은 산소포화도측정기 (펄스 옥시미터 Pulse Oximeter)가 있기 때문에 이런 문제가 없다니 마음껏 손톱이나 발톱에 봉선화 꽃물을 들여도 되지 않을까 한다.

내가 제주도로 연구학교 탐방을 갔을 때의 일이다. 연구보고대회가 끝나고 학교에서 제작하였다는 봉선화로 물들인 스카프 선물을 받았다. 귀한 선물이었다. 목에 두르니 색깔도 곱고 촉감이 아주 좋았다. 나도 아이들과 실행해 보고 싶었다. 봉선화 씨부터 사고 행사계획을 세웠다.

이듬해 봄, 씨를 뿌려 잘 가꾸었다. 여름방학 전에 '봉선화 축제'를 열었다. 천막을 치고 부스를 만들었다. 화단에 피어있는 봉선화를 관찰하여 그리기, 글짓기, 시 짓기, 봉선화 관련 보고서 차드 만들기, 손톱 물들이기, 스카프 물들이기, 축제일은 봉선화 천국이었다. 강당에서는 학부모들과 함께 봉선화 스카프 물들이기를 진행했다. 제주도에서 전문가 선생님도 모셨다. 길이 1.5m 폭 40cm 정도의 보드라운 명주 천을 준비해, 봉선화 잎과 꽃을 으깨서 자그마한 솥에 적당한 양의 물을 부어 섞고 아름다운 무늬가 생겨나도록 다양하게 접어 40도 정도의 약한 불로 30여 분을 대쳤다. 예쁜 추상화 스카프가 빨랫줄에 널려 장관을 이루었다. 마른 뒤, 다리미로 곱게 다려 포장하니 귀한 스카프가 제작되었다. 연구학교 발표를 끝내고 오신 손님들에게 나누니 찬사가 자자했다. 교장실에서 아이들의 손을 잡고 봉선화 꽃물 들이던 때가 엊그제 같다. 세월이 많이 흘렀지만 그 추억은 잊을 수 없다.

내 딸들에게는 어릴 때, 이런 추억거리를 만들어 주지 못했다. 바다로 낚시 간다고, 서예원으로 붓글씨 쓰러 간다고, 친구 만나 술 먹는다고, 승진 공부한다는 핑계 등으로 늘 바쁘다고만 했다. 아이들에게 봉선화 꽃물 들여 주고 같이 다정히 놀아주지 못했다. 아빠의 사랑도 충분히 베풀지 못했다. 금세 아이들은 중년이 되어간다. 지난날들이 후회스럽다.

서울에 사는 딸들을 불러야겠다. 우리 집에 활짝 핀 봉선화 꽃잎 손톱에 꽁꽁 묶어 예쁜 꽃물을 들여 주어야 하겠다. 남은 꽃잎은 모아 냉장고에 넣어 두고두고 추억을 들이라고 할 것이다. 한 번 들이면 3개월이 간다니, 봉선화 꽃물이 반쯤 빠지고 새 손톱이 하얗게 나와도 아름답게 보이지 않던가...,

어린 손녀들에게도 봉선화 전설을 들려주면서 잊지 못할 가족 봉선화 꽃물 들이는 날을 가져 보련다.

기부의 맛

K 형은 UNICEF에 거금을 쾌척했다.

광주 J 초등학교에 같이 근무하던 30대 시절 내가 천주교로 인도한 형이다. 은퇴 후에는 푸른 파도가 넘실거리는 고향 섬마을에서 전원생활을 하며 여생을 보람되게 보내고 있다. 섬마을을 돌아가며 독거노인들에 음식 대접을 하기도 한다니, 요즈음은 자기 부모도 늙으면 모시지 않고 요양원으로 보내는 판인데, 참 심성 고운 형이라는 생각이 든다. 이제 고희가 넘은 나이에 벅찰 텐데도 500여 평이 넘는 밭에 마늘과 녹두를 재배해 어렵사리 생긴 수익금 전부를 아프리카 어린이들에게 기부했다는 미담에 가슴이 찡했다.

김지원(루카·7) 군은 2014년 12월 태어난 지, 100일을 맞아 한마음 한 몸 운동본부에 기부한 이후 지금까지도 나눔을 이어가고 있다는 이야기를 가톨릭 신문에서 읽었다. 의사가 꿈인 김 군은 어렸을 때 아파서 한동안 병원 신세를 졌다. 태어난 지 35일 만에 병원에 처음 입원한 김 군은 지속해서 치료를 받아야 했다.

당시 김 군의 부모는 수많은 아이들이 병원 신세를 지고 있는 것을 알게 됐다. 그때부터 돈이 없어 치료를 못 받는 어린이들을 위해 꾸준히 기부를 하게 됐다고 한다. 아이는 다행히 2019년 수술하지 않고도 완치됐다. 부모는 김 군 이름으로 처음에는 50만 원, 이후에는 금액을 늘려 500만 원, 1,000만 원, 2,000만 원 등, 지난 6년 동안 20차례에 걸쳐 약 1억 원을 기부했다니,

전종복(욥·83)·김순분(논나·75) 노부부는 평생 모은 30억을 바보의 나눔 재단에 기부하여 우리에게 감동을 주었다. 기부금은 세 자녀를 둔 이 부부가 근검절약하여 월급 2만 원을 받으면 1만8,000원을 저금하고 2,000원으로 살았다. 연탄이 비에 젖어도 버리지 않고 다시 사용할 정도로 아끼며 모아 이런 선행을 한 것이다.

이젠 흡족하게 살아야 함에도 많은 돈을 기부했다. 주님께 거저 받았으니, 다시 돌려드리는 마음이란다. 바보의 나눔 재단에 기부하면 가난한 사람들을 위해 활용할 수 있다고 덧붙였다. 하늘나라에 가기 전, 마지막 남은 재산도 모두 가난한 이웃을 위해 쓰고 싶다고 했다니, 이 노부부야 말로 천사들이 아닌가?

하느님께 받은 은총을 우리 가정은 어떻게 갚고 있을까? 조심스럽게 아내에게 물었다. 이야기를 듣던 아내는 미소를 지

으며 안방으로 들어가 경대 속에서 '두 손 모아 난민보호를' UNHCR(유엔난민기구) 파란 링을 내 손목에 걸어 주었다. 이 기구는 난민, 실향민, 무국적자, 보호 대상자의 권리와 복지를 보장하고 있는 UN 기구이다. 제2차 세계대전 이후 수백만 명의 난민을 돕고, 현재는 7,080만 명의 대상자를 지원하고 있다고 한다. 이 단체에 수년 동안 매월 일정 금액을 기부하니 보내온 팔찌라서 손목에 걸면 삶에서 늘 기부정신을 되새기겠다는 생각이 들었다.

가정 형편이 어려워 빚에 시달리던 IMF 때도 적은 금액이지만 음성 꽃동네에 꾸준히 헌금하였고, 담양에서 42명의 독거노인들과 생활하고 있는 수녀원에도 수년 동안 조그마한 성의를 표하고 있다.

40년 전, 조모님 초상 때에 조의금 일부는 고향 공소 건립기금조성의 실마리가 되었다. 한 형제는 공소 지을 땅도 기부했다. 신자 수도 적은 어려운 상황에서 십시일반 봉헌했고, 영암 본당 신자들의 전격적인 도움으로 완공을 보게 되었다. 당시 내 어머니가 공소회장으로 지내시며 우리 집에서 공소예절을 보았었다. L 성당 J 신부님이 신축하면서 생긴 헌 건축자재를 물려 주셨다. 미소 머금은 성모상을 공소에 모시도록 허락하셔서 큰 도움이 되었다. 지금은 고향 공소를 지키는 성모님이 쓸쓸하다.

L 성당에서는 사목회 분과장을 맡아 내 직장인 듯 기획했고, 레지오 활동은 내가 할 수 있는 재능기부의 전부였다. 성당 건축

기금을 모금하기 위해 교우 집을 방문했던 기억들이 지금도 생생하다. ·

성당에서 노력한 하느님의 보상은 컸다. 77평의 주택지 1% 당첨률이 통과됐다. 거기에서 10년을 살며 내 일처럼 성당 일을 열심히 했다. 그리고 그곳 Y 성전을 건립하기 위해 노력했다.

단독주택에서 살다가 이사 온 우미아파트 구역에 또, H 성당을 신축해야 하는 곳이었다. 나에겐 버거웠지만 기쁜 마음으로 정성껏 봉헌했다. 한편으로 기뻤다. '평생 3번만 성전 건립에 봉헌하면 천당 문 앞에 갈 수 있다는 말도 있는데,'

UNICEF에 기부하기로 결정하고 기부신청서를 작성하니 자동이체 통지가 문자로 날아온다. 3만 원이면 어린이 29명에게 영양실조 치료식을 전달할 수 있다니 기쁘다. 또, 매월 공책 80권, 연필 290자루로 어린이들이 공부할 수 있는 시설이나 자료를 지원할 수도 있단다. 지난 약 70여 년 동안 유니세프는 인종, 종교, 국적, 성별과 관계없이 전 세계 개발도상국에서 거리 아이들과 어린이 노동자, 난민 어린이 등, 어려운 처지에 놓인 어린이를 위하여 영양, 보건, 식수 공급 및 위생, 기초교육 분야에서 다양한 보호 사업을 펼친다고 한다.

몇 달 전, 아내는 청주 담당 성당에서 미사를 참례하게 되었는데 거기에서 미바회 회원이 되었다는 것이다. 이 단체에서는 선교사들을 돕기 위해 모금 운동을 벌리는 곳이었다. 아내는 매월 기금을 보내고 있다. 최근에는 씨튼 수녀회 가족이 되어 보낸 온

책자 '씨튼 가족 75호'를 읽으며 신앙심을 기르고 있는 아내는 나에게 기부하는 마음의 기쁨을 이야기 했다.

"사랑은 받는 것이 아니라 주는 것이라고,"

매스컴을 탈 정도의 거창한 기부는 못할 망정, 농사일을 하는 도중, 들에서 음식을 먹을 때 농사의 시조 신농씨에게 감사의 음식물을 조금 떼어 던지며 감사를 표하는 조상님의 풍습처럼, 가을철 붉은 홍시를 따면서 한두 개 까치 밥으로 남기는 부모님의 지혜같이, '오른손이 하는 일을 왼손이 모르게,' 내 삶의 일부를 진심으로 나누고 싶다.

사랑의 보금자리

하남에 미분양 12필지.

'이번이 마지막 기회다. 처음의 실수를 거울삼아 가장 열악한 곳에 분양권을 넣자.'아내와 머리를 싸매고 며칠을 궁리하고 또 궁리해서 최종적으로 묘안을 찾은 곳이 동네 한 가운데 필지이었다.'선호도가 가장 낮으니 다른 사람들은 이곳에 희망하지 않겠지.'그런 짐작을 했지만 우리만의 생각이 아니었을 듯, 결과는 무려 103명,

드디어 운명의 날이 왔다. 토요일 오전부터 추첨을 했는데 속상한다고 아내는 가지 않은 것 같았다. 퇴근한 나에게 추첨에 대한 아무런 이야기도 없었다. 점심을 먹고 나서 혹시 당첨되었을지도 모르니 추첨 장소를 한 번 가보자고 아내에게 말하니,

"우리 복에 뭔 당첨이 되겠소."

아내는 쓸쓸한 말을 허공에 날렸다. '하늘이 무너져도 솟아날 구멍은 있는 것이여!'

이슬비가 촉촉이 내려 마음이 쓸쓸하고 집 없이 쫓기는 신세가 처량하여 발걸음이 천근이었다. '당첨률이 103:1이라니 하늘의 별 따기보다 더 어렵겠지?' 1천 명을 방불케 하는 사람들이 모여 전쟁터 같은 치열한 추첨이 끝났는지 그 열기가 아직도 식지 않고 남은 듯했다. 당첨자 명단을 적은 켄트지가 사무실 바깥벽에 외롭게 붙어 있었다. 행여나 하는 마음에 당첨자를 살펴보니 '이게 뭔가?' 12명 당첨자 중에 내 이름과 주민등록번호, 우리가 선택한 지번이 일치하지 않는가, 눈을 의심하고 비비며 다시 확인해도 틀림없는 당첨이다. 기뻐서 정신이 흐려지고 기절할 것만 같았다. 사무실로 들어가 서류를 확인하니 당첨이란다. 추첨 할 때, 당첨된 사람은 악을 쓰며 난리였는데 선생님 추첨 때만 반응이 없었다고 하며, 당첨을 축하해 주었다. 감사하다는 말을 연발하면서 급히 전화 부스를 찾았다.

"여보! 당첨! 당첨!"

공중전화기를 들고 길길이 뛰면서 외쳤다.

"그게 정말이요. 장난치는 거 아니지요?"

아내가 금방 달려 왔다. 서로 부둥켜안고 뛰면서 나라가 해방된 것처럼 감격의 눈물을 흘렸다.

"이제 소원 성취했네! 우리 집이 생긴 것이네!"

아내도 어찌할 바를 모르고 큰소리를 지르며 좋아했다.

초봄에 설계를 맡기고 건축가를 정했다. 그들에게 맡겨 짓고 있었지만 퇴근 시간만 되면 일하는 사람들이 마실 맥주를 사 들고 번질나게 다니면서 정성껏 잘 지어 달라고 신신당부를 했다. 아내도 매일 공사장에 가서 자재를 좋은 것으로 써 달라고 부탁했다. 봄에는 비가 잦아 조금만 날씨가 흐려도 작업을 하지 않아 공정기간이 늘어져 속을 태웠다.

몇 달의 산고 끝에 아름다운 25평 단층 양옥집이 눈앞에 선을 보였다. 난생처음 대문에 내 명패를 걸고 집주인이 되었다. 넓은 앞마당에 주차장이 들어서고 거실 앞 창 밑에 멋진 양어장도 만들었다. 바닥은 콘크리트를 치고, 옆은 잘 다듬어진 고운 돌로 양어장 벽을 조립했다. 며칠 동안 양어장 안에 물을 담아 콘크리트 독을 우려냈다. 새 집을 찾아온 붉은 비단잉어가 즐거워 멋진 춤을 뽐냈다. 주인의 발소리를 멀리서부터 알아듣는 귀여운 삽살개도 한 식구가 되었다. 앞마당 화단 옆에 장독도 만들었다. 화단에서는 봉선화와 철쭉도 아름다운 자태를 자랑했다.

주차장의 긴 화분에는 싱싱한 고추가 풍성하게 열렸고 대문 옆 좁은 공간에 대봉 감나무도 검푸른 잎에 금방이라도 홍시를 내놓을 기세였다. 넓은 거실과 방 세 칸은 우리 여섯 식구 살기에 아주 편안하고 안성맞춤이었다. 임대 아파트의 좁은 공간에 살다 보니 새로 이사 온 우리 집은 대궐 같았다. 거실이 넓으니 식구들은 조그마한 인형처럼 느껴졌다. 조금 더 욕심을 부리고 싶었다. 전세금을 받을 요량으로 2층에 방 4개를 만들어 두 집 살림을 할 수 있도록 2차 건축을 하게 되니, 2층 양옥집 주인이 된 것이다. 전셋집을 전전하다가 양옥집 주인이 되니 이 세상이 전부 내 것인 양 마음이 흡족했다.

집을 드나들면서 내 문패를 쳐다보며 위풍당당하기까지 했는데 IMF 진통은 우리 가정에도 몰아치기 시작했다. 단층은 대부를 받아 지었으나 2층은 전세금을 받아 지었기에 빚인 셈이다. 세입자들이 전세금을 내려 주라고 한다. 이사를 가겠단다. 더 주인 행세를 할 수 없게 되었다. 대출이율도 높아가며 불안이 조성되기 시작하니 어렵게 장만한 보물 1호, 사랑의 보금자리를 처분해야 하겠다는 생각을 하니 눈앞이 캄캄했다. 양옥집 주인은 한 바탕의 춘몽이었단 말인가?

나라가 위기에 처하니 부동산 매매도 되지 않고 지었을 때의 시세보다 낮아 갔다. 그래도 다른 뾰족한 수가 없으니 낮은 가격에라도 매매를 해야 했다. 몇 달을 여러 부동산에 집을 내놓고 사랑방 신문에 게재를 했어도 가격조차 묻는 사람이 없었고, 사겠다고 몇 사람 들렀다 흠집만 잡고 계약이 성사되지 않았다.

그러던 어느 날, 아침 집 살 사람이 생겼다는 전화였다. 너무 반가웠다. '오늘 아침에 또 천사를 만났군.'집 살 사람이 우리 집에 들어 와서 자세히 살피지도 않고 흠집도 잡지 않았다. '그래, 살 마음이 분명히 있는 사람이군,'

"집안에서 훈훈한 기운이 감도는 것 같습니다. 믿음도 있으신 것 같고요. 집터가 아주 좋은 가 봐요. 제가 살게요."

다른 때보다 더 높은 가격에 내놓았는데 깎지도 않고 두 말없이 계약이 성사되었다. 그렇게 팔려고 발버둥을 쳐도 성사되지 않더니 하루아침에 쉽게 매매되니 기쁘면서도 한편으로는 서운했다.

현재 사는 보금자리는 다세대 주택으로 여덟 가구를 임대했고 우리는 4층 안집에 살고 있다. 옥상에 채소도 기르고 자식들이 모여 바비큐 파티를 할 때는 세상 것이 다 부럽지 않다. 여름이면 손녀들이 임시 풀장에서 시간 가는 줄을 모른다. 창고까지 한 칸 이용하니 자질구레한 살림살이는 거기에 다 정리해 두고 냉장고도 두 대나 쓰니 고관대가가 부러우랴! 아내 손을 잡고 고만고만한 어린 자식들을 데리고 객지에서 전셋집과 임대아파트를 전전하여 여기까지 오며 고생한 추억들이 주마등처럼 스친다.

초저녁 옥상에 올라 반짝이는 별을 세며 아내와 하루의 일상을 도란거리면 저기만치 상무의 찬란한 네온 빛은 우리 가정의 평화를 빌고, 운천 호수 아름다운 연꽃이 환하게 미소 짓는다.

궁합

궁합이 맞으면 잘 살까?

나는 올해 결혼 40주년을 맞았다. 그 시절만 해도 궁합을 결혼의 중요한 조건으로 여겼다. 우리 조상들은 궁합 맞추어 결혼해도 잘 사는 것이 아님을 익히 알면서도 인간사 대사라서 궁합을 중요시 했는지 모르겠다. 찌들게 가난한 가정형편에서도 아들을 꿋꿋이 홀로 어렵게 길러 교사를 만들어 낸 어머니..., 이 세상에 하나밖에 없는 외아들의 짝을 구해 주려는 청상과부의 심정은 오죽했을까?

69년 교사를 양성할 시간적 여유가 없었다. 16주 단기 양성교육으로 준교사를 양산한다. 나도 그 길을 택했다. 그해 9월 20일 양성소를 수료하고 단 10일 만에 그리운 외가 동네 M 초등학교로 첫 발령을 받았다. 첫 부임을 하는 날 어머니가 동행해 주신다. 영암읍 내 버스터미널에서 어머님과 어렸을 때부터 친하게 지내셨던 동갑내기 친구 분을 만난다. 버스를 탈 시간의 여유가 있어 기다리는 동안 내가 낙지에 술 한 잔을 대접한다.

"남편 복은 없어도 아들 복은 있는 갑네."

M 초등학교에서 1년여 년을 근무하고 고향 모교로 옮기기를 희망했으나 엉뚱한 학교로 발령을 받는다. 홀어머님을 모시려 했으나 운명은 그렇지 못했다. 누구를 원망할 수도 없었다. K 초등학교에서 3학년 담임을 맡아 교실 문에 드니 유난히 눈이 맑고 귀여운 키가 작고 예쁜 학생이 내 눈에 들어 온다. 나도 저런 동생 하나 있으면 얼마나 좋을까? 공부를 하는 중에 '박수' 하니까 예쁜 그 애가 대답한다. 나는 발표 잘한 학생을 박수 쳐 주라는 말이었는데 그 애는 자기 이름으로 잘못 들은 것이다. 그 애 이름은 '박숙'이었다.

즐거운 학교생활이 계속되면서 가을 학예회가 열린다. 시골이라서 학부모들이 모여 보아야 60여 명 정도인데 그때는 꽤 많은 숫자로 느꼈다. 우리 반 합창 차례가 되어 나는 무대 위에서 오르간 연주를 하고, 예쁜 그 애들은 손을 맞잡고 노래를 부른다.

"퐁당퐁당 돌을 던지자. 누나 몰래 돌을 던지자."

나는 연주를 하면서 힐끔 관람석을 쳐다보았다. 유난히 달덩이 같은 아가씨가 내 눈을 현혹해 어떻게 연주를 했는지도 모르게 끝내고 말았다. 학예회가 끝나고 각 반 교실에서 학부모들과 함께 점심을 먹는다. 첫 발령 받아간 날 버스터미널에서 만났던 어머니 친구 분이 계셨다. 너무 반가웠다. 자식을 보는 우리 어머니처럼 그 분도 반가워하시며 내 막둥이 담임이 되었다며 기뻐하셨다.

내 눈을 휘둥그렇게 만든 그 아가씨가 우리 교실로 들어 온 것이 아닌가? 가슴이 콩닥콩닥 뛰었다.

"박숙 언니랍니다. 제 동생 잘 부탁해요."

목소리까지 낭랑하고 명랑한 아가씨 같았다. 교사 된 것을 정말 감사했다. 이 무슨 횡재란 말인가? 하느님께서 나에게 보내준 우렁각시임에 틀림없다. 그런다고 좋아한다고 말할 수는 없지 않은가? 며칠 있다 그 아가씨에게서 편지가 온다. 일부러 두번째 편지가 와도 답장을 쓰지 않는다. 세 번째 편지가 왔을 때, 못 이긴듯하며 답장을 쓴다. 그 뒤로 밀고 당기기를 계속하며 매일같이 사랑의 편지를 주고받는다. 나는 홀로 외롭게 외아들로 자라서인지 남자답지 않고 수줍어하고 부끄럼을 잘 타는 내성적인 성격이다. 그래서인지 명랑한 여자에게 더 매력을 느꼈다.

우린 꽤 긴 동안의 비밀 데이트가 진행되어 서로의 사랑이 무르익는다. 결혼을 결심하고 어머님께 친구 분 둘째 딸을 사랑한다고 말씀드리니 깜짝 놀라시며 '절대 불가'라는 맹 호령이 떨어진다. 어머님 처녀시절 장인이 되실 분과 중매설이 오갔단다. 그것도 인연인데 왜 안 되는가? 나는 이해되지 않았다. 눈앞이 캄캄했다. 나는 코가 댓 자나 빠졌다. 홀로 어렵게 키워 주신 어머님의 뜻을 저버릴 수도 없다. '그런다고 정든 그 아가씨를 잊는다는 것은...,'

이 세상에 하나밖에 없는 사랑하는 사람을 이제 와 헤어질 수도 없는 노릇, 진퇴양난이다. 잠 못 이루면서 아가씨에게는 고민을 떨어 놓지도 못하면서 냉가슴을 앓았다. 그다음 주 고향 집에 오니 어머니가 미소를 지으며 내 손을 덥석 잡으시면서 단숨에 속 시원한 말씀을 하셨다.

"내 친구 딸 현숙이와 결혼해라. 궁합이 아주 잘 맞더라. 어디서 이런 처자를 구했냐며 자손 궁도 좋고 부자로 아주 잘 산다는구나."

"어머니 감사합니다. 절대 그 마음 변하시면 안 됩니다."

지금까지 살아오면서 어머니가 그때처럼 존경스럽고 감사할 때가 없었다.

아마 어머님은 우리 둘 사이의 사랑의 강도를 보시고 이왕에 결혼시킬 바에는 기분 좋게 시키자고 핑계를 대셨는지는 지금도 모를 일이다.

만약에 우리 부부 궁합이 나빴더라면 어떠했을까? 결혼은 이루어졌을까? 이미 궁합과 관계없이 결혼했을 것이다. 그러나 계속 궁합이 좋지 않다는 이야기를 부정적으로 듣고 사는 것 보다는 궁합이 좋다고 늘 긍정적으로 생각하며 살아가는 것이 더 중요하지 않을까? 정해진 것을 믿는 것보다 좋은 궁합을 구성해 가는 것이 현명하고 바람직하지 않을지?

상월 교회 순교자

올해 1월부터 '한국전쟁 희생자 영암유족회원'들의 진실을 규명하기 위한 일을 보면서 영암군 학산면 상월 교회의 원로장로님의 증언을 들었다.

한국전쟁 때, 영암 상월 교회는 목회자, 장로, 집사, 성도들의 뜨거운 신앙생활에 성령의 역사가 일어났고, 날마다 교회에 모여 찬송, 기도, 예배를 드리며 영혼 구원을 위해 전도하여 하느님의 뜻을 이뤄갔다. 그때, 빨치산들은 교회에서 예배를 금지하고, 건물을 헐어 불태우며, 일부는 방공호를 구축했다. 그러나 신○○ 전도사와 성도들은 비밀리에 예배를 계속했고, 서로 격려하며 국군 수복을 기다렸다. 전세가 빨치산들에게 불리해지자 최후의 발악을 하며 주민들을 더 괴롭히고, 지주, 지식인, 기독교인들을 학살하기에 이르렀다.

증언에 의하면 "서○○ 집사는 순교를 위해 금식기도를 하며 성도들에게 순교를 각오하고 부활의 소망을 가지도록 권면했다"라고 했다.

1950년 11월 6일은 가을걷이를 하느라 지친 몸으로 곤한 잠을 자던 성도들을 그 동네의 아는 사람을 시켜 한 명씩 불러 빨치산들의 본거지에 감금했다. 잡혀 온 사람들의 두 손을 뒤로 결박하고, 서로 대화도 못하게 했다고 한다. 먼저 불려온 임○○ 집사가 나중에 잡혀 온 손자를 보며 애절한 눈빛으로 볼을 비비며 이 세상에서 마지막 작별인사를 하는데, 빨치산들은 그를 구타하며 그 행동을 못하게 했다는 것이다.

어둠이 깔리자 어디론가 성도들을 끌고 갔다. 외삼중(삼나무 껍질로 꼬아 만든 줄)에 두 손이 묶인 채, 형장으로 끌려가면서도 항거하지 않았다. 살려 달라고 애원하지 않았다.

"낮보다 더 밝은 천국 믿는 맘 가지고 가겠네, 믿는 자들을 위하여 있을 곳 우리 주님, 예비해 두셨네."

찬송하고 소망을 부여잡으며 죽음 앞에 굴하지 않고 형장에 도착했다는 것이다.

죽음 앞에 대담한 그들의 모습은 마치

"학대받고 천대 받았지만 그는 자기 입을 열지 않았다. 도살장으로 끌려가는 어린 양처럼 털 깎는 사람 앞에 잠자코 서 있는 어미 양처럼 그는 자기 입을 열지 않았다."(이사야 53장 7절)

예수 그리스도의 수난을 예언한 말과 같았다.

예리한 죽창과, 서슬 퍼런 도끼와 삽을 든 빨치산들, 그러나 순교의 길을 걸어가기로 작정한 그들에게는 두려울 것이 없었다. 죽음을 앞두고 기도할 시간을 요청하여 가해자들과 지역 영혼들을 위해 기도하고 자신들의 영혼을 주님께 부탁하고 하느님 품에 안겼다. 죽창에 찔려 죽으면서도 아멘! 아멘! 하였고, 배속에 아이를 위해 영혼을 부탁하며 죽어간 어미의 심정과 사랑하는 가족들과 목회자들이 죽어가면서 서로를 위해 기도했다. 이 교회 순교자들의 정신을 높이고 계승하며 보존하는 마음으로 뜻을 모아 순교자 35명의 명단을 순교비에 기록하여 1993년 세워, 매년 11월 첫 주를 순교 기념 주일로 지키고 있다고 한다.

당시 광주 양림교회 박○○ 목사와 그의 부인, 외아들, 장모도 고향에 피신해 왔다가 순교했다. 빨치산들이 자기 집 어린 식모를 포박하려고 하니 이렇게 말했다.

"저 아이는 아무런 죄가 없으니 대신 내 아들을 잡아 가시오."

600만 명 유대인 학살사건 때,

"내가 저 사람을 대신해서 죽겠소."

죽음의 수용소 아우슈비츠에서 막시밀리아노 꼴베 신부는 자원하여 처자식이 있다며 살려 달라고 애원하는 처형자를 대신하여 죽음을 택했다.

"벗을 위해 제 목숨을 바친 것보다 더 큰 사랑은 없다."

(요한 15.13)

몸소 실천한 성인의 죽음은 우리 시대의 새로운 순교자였다. 나는 지금 이웃을 위해 무엇을 나누고 있는가? 나는 지금 벗을 위해 무엇을 포기하고 있는가?

아라크노캄파루미노사

뉴질랜드를 여행했다.

끝없이 펼쳐지는 넓은 초원에서 한가롭게 풀을 뜯고 있는 양 떼들의 모습은 한 폭의 아름다운 명화였다.

남쪽에 '구멍을 따라 흐르는 물' 와이모토 동굴이 있었다. 수백만 명의 관광객을 매료시켰을 경이로운 지하세계를 자랑하였다. 기이한 자연의 형상이나 동식물의 모양으로 비춰 보이는 독특하고 신기한 석회암 동굴 속을 관람하며 탄성이 절로 터졌다. 동굴의 천정에서 영롱하게 반짝이며 서식하는 반디 벌레인 아라크노캄파루미노사가 보트를 타고 이동하는 우리를 비춰 주었다. 마치 컴컴한 밤하늘을 찬란히 수놓은 은하수를 보는 듯했다.

이토록 신비롭기에 세계 8대 불가사의[1] 중 하나로 손꼽히고 있나 보다.

이 반디 벌레는 먹이를 잡아먹기 위해 천정에 붙어 발광한단다. 안내자가 천정 측면을 조심스럽게 노크하니 반디 입에서 길이가 각기 다른 가늘고 투명한 거미줄이나 명주실 같은 영롱한 실을 곧게 내려뜨리고 있었다. 마치 관광객을 반기기 위해서 요술을 부리는 것 같았다. 이들의 생존경쟁이요, 약육강식弱肉强食을 위한 먹이 그물인 것을 알았다.

바다로 향한 동굴 입구에서 수많은 작은 곤충들이 빛을 보고 날아들어 그물에 걸린 먹이로 살아간단다. 그 많은 벌레를 먹일 만한 먹이가 날아들까? 서로의 다툼도 없이 조용히 자기의 그물에 걸린 것만 먹는다니, 사진을 촬영하거나 불빛을 비추면서 소리를 지르면 그들의 먹이 사냥에 방해가 되어 희귀 곤충을 보존할 수 없기 때문에 조용히 감상하기를 권하는 것은 당연하다 여겼다.

이런 형용할 수 없는 찬란한 광경을 보면서 친구들과 뒷산에서 뛰어놀았던 유년시절이 생각났다. 나뭇가지로 조그마한 집을 지어 그 안에 콩이나 곡식을 넣어 유인했다. 대나무를 휘어서

---

1) 사람의 생각으로는 도저히 미루어 헤아릴 수 없을 만큼 이상야릇한 것. 만리장성(중국), 콜로세움(이탈리아), 마추픽추(페루), 타지마할(인도), 페트라(요르단), 치첸이트사 피라미드(멕시코), 거대 예수상(브라질), 아라크노캄파루미노사(뉴질랜드)

아래로 내려 그 탄력을 이용하였다. 나무집 문턱을 조금만 건드리면 토끼, 새, 꿩이 걸리게 예민한 덫을 만들었다. 겨울에 먹이가 부족한 동물들은 그걸 먹다가 걸리기도 했다. 철사를 이용해 나무에 묶고 올가미를 만들어 가운데 먹이를 놓아 작은 산짐승이 놀다 걸리면 잡아 구워 먹었다. 짜릿한 그 맛이 기억에 남는다. 콩 속을 파내고 싸이나를 넣어 초로 봉한 뒤, 물오리나 산비둘기가 지나가는 길목에 놓아 잡았다. 아라크노캄파루미노사가 타액을 정성껏 늘여 뜨려 먹이를 구하는 것처럼 야생동물을 섭렵했던 아름다운 추억들이 아련하다.

교직 생활을 시작한 지 20년쯤 될 무렵 친한 친구 네 명은 자주 만났다. 같은 연령대로, 승진을 하기 위해서 무슨 공부를 해야 할까? 늘 노심초사했다. 평교사만으로 정년을 맞을 수 없다며 무슨 그물을 쳐야 할까? 어떤 준비를 해야 할까? 만나면 대화 내용은 진지하였다. 세 명의 친구들은 벽지에서 근무한 경력이 있어서 승진의 앞날이 밝았다. 그러나 나는 나만의 승진계획을 세우고 있었다. 대학원부터 7여 년의 특수교육에 몸담았다. 특수학급, 학교에서 근무하면 승진의 길이 열렸다. 제2의 길도 찾았다. 장학사 시험에 합격하면 승진할 수 있었다. 겸해서 논술을 쓰는 공부를 필두로 장학사 시험 준비를 5년 동안 하였다.

1999년 K 특수학교에 전입되었다. 승진할 수 있는 근무를 시작한 셈이다. 그에 만족하지 않고 장학사 시험에도 도전하여 합격을 했다. 학수고대했던 승진의 길이 열린 것이다. 두 갈래로 노력한 나만의 계획이 성사되었다. 이처럼 희열을 느낀 일은 없다. 두 가닥의 거미줄에 '승진'이라는 열매가 열렸다.

젊은 교사시절 J 교장 선생님의 말씀이 떠오른다.

"저는 특별히 잘 하는 것이 하나도 없는데 큰일입니다."

"명주실은 여러 개의 고치에서 실을 뽑듯이 자네 색깔의 특유한 실을 뽑아내 보시게나."

어두움이 찾아오기 전에 아라크노캄파루미노사가 타액을 내리듯 나만의 스펙을 오늘도 계속하여 쌓아가련다.

제6장
벚꽃처럼 화사한 모습

연꽃이 피었습니다 하늘의 정성과 땅의 인연으로 어둔진 흙을 딛고 일어나 꽃잎을 틔웠습니다 님께 드리워질꽃의 향그러움과 꽃분은 순풍을 따라 허공에 흩어지고 노송에 걸린 햇살꽃 수묘을 비추어 온몸에 두르고 푸른 그림자 무늬지 워요 이른 아침밝은 이슬담아 꽃을 끌어 안은건 오로지 님 향한 나의 마음이기 때문입니다 연꽃편날 덕송신동재

정류장의 파수꾼

오색찬란한 단풍이 산천을 물들일 때쯤이면 어느 직장에서나 소속팀원들의 단합을 위해 나들이를 한다. 내가 근무하는 직장에서도 11월 끝 주말에 수업을 일찍 마무리하고 버스에 올라 꼬맹이들에게 찌들었던 마음을 달래고 서로의 애환을 나누면서 즐거운 가을 산행을 떠났다.

늦가을이라 프로그램을 아무리 잘 조정하여 추진하여도 오후 시간이 빠듯하기만 하였다. 더군다나 날씨도 좋지 않아 비까지 내릴 것 같으니 걱정이었다. 40여 명 넘는 참석 인원이 각기 건강 상태도 다르고 연령 차이가 있어 일사불란하게 움직이기에는 애로사항이 많았다. 목적지는 전북과 충남의 경계를 이루는 호남의 소금강 대둔산(878m)이었다. 서둘러 목적지에 도착하여 인원을 점검하고 등반을 시작하려 하니 나이 드신 선배 선생님들이 딴전을 피우신다.

"친목부장! 파전에 동동주나 한잔하세!"

"참새가 방앗간을 그냥 지나간답디까?"

모처럼의 술맛은 더 말할 나위가 없었다. 취하지 않게 적당히 한 잔 씩 들이키고 케이블카를 타고서 가파른 정상을 향했다. 기암절벽, 형형색색의 단풍들, 시간 가는 줄 모르고 지치지도 않는다. 구름다리 위에서는 오금이 서렸다. 연약한 여선생님도 기분이 좋은지 발걸음이 가볍다. 맘에 든 여선생님 곁에서 은근슬쩍 속 이야기도 걸어 본다. 선배 선생님의 손을 잡아 오르는 길을 도와 드린다. 막걸리의 힘을 빌린 것인지 자연의 향에 도취하여 선지 학교에서 하지 못한 이야기도 서슴없이 나눴다.

힘들게 정상에 오르니 온 천하가 내 것인 것 같다. 험난한 산행 중 음주는 금물이나 갈증이 심하다는 선배들은 마실 것을 찾는다. 취중인 선생님들은 걱정스러웠으나 무사히 정상 정복을 마치고 내려오니 저녁이 다되어 주위가 어둑어둑하고 금방이라도 비가 쏟아질 것 같았다. 서둘러 저녁을 먹는 동안 동동주가 또 우리들을 유혹했다. 술을 즐기는 사람이야 더 없이 반가운 일이지만 술이 약한 사람은 고역이리라. 그러나 술이 술을 부른다고 주력酒力 이상 과음하기 마련이다. 식사를 마친 후, 나도 술에 취한 탓이었는지 대충 인원을 점검하고 귀가 신호를 울렸다.

막걸리를 과하게 곁들인 저녁이어서 체 한 시간도 못되어 화장실을 찾는 사람이 많았다. 볼일들을 다 보고 승차 후 다시 인원 점검을 하였다. 아무리 점검을 해봐도 한 명이 부족한 것 같은데..., 학년부장이 알려온다. 뒤에서 한 명이 자고 있다고, 그때만 해도 관광차에서 가무歌舞를 즐겼다. 그러니 흥을 깨는 인원 파악은 관심이 없었다. 다시 신나는 음악이 계속되었다.

늦은 저녁이 다 되어 학교에 도착해 인원을 파악해 보니 2학년 P 선생이 보이지 않았다. '아뿔싸! 큰일 났구나!' 그때는 휴대전화가 없어 어디로 연락할 길도 없었다. 따로 떨어져 올지도 모르니 상당한 시간을 기다렸으나 연락이 없었다.

"교장 선생님! P 선생이 얼어 죽을 지도 모릅니다."

"어떻게 간단 말인가?"

"중간에서 화장실 갔다 올 때, 못 탄 것 같아요. 제가 인원 파악을 잘 못 했으니 제 책임이 큽니다. 지금 찾으러 가야 합니다. 사경을 헤맬지도 모르는 P 선생, 그의 얼굴을 보지 않고는 집으로 돌아갈 수 없습니다. 인명사고가 발생하면 찾으러 간 것과 가지 않는 것은 크나큰 차이가 날 것입니다."

내 의견이 옳다며 낮에 갔던 대둔산을 다시 찾게 된다. 중간에 일 보았던 장소를 찾으려니 각주구검刻舟求劍[1] 격이었다. 진눈깨비가 앞을 가려 운전하기도 어려운 칠흑같이 어두운 밤길, 도로변에 쓰러져 있는 사람을 찾는다는 것은 도저히 불가능한 일이었다. 눈을 씻고 찾아봐도 없었다. 가슴을 조이며 대둔산 버스

---

[1] 뱃전에 칼 잃은 자리를 표시해 두었다가 나중에 그 칼을 찾는다는 뜻으로, 시세의 변천을 모르고 낡은 것만 고집하는 어리석음을 비유한 말이다.

정류장에 도착하여 그의 흔적을 찾으려 했으나 개미 한 마리도 보이지 않고 낮에는 그렇게도 등산객으로 북적거리던 곳이 적막하기만 하였다. 어쩔 수 없이 아침에 찾아보기로 하고 호텔에 들어 몇 시간만 지나면 아침이 될 터라 씻지도 않고 새우잠을 청했으나 도저히 잠이 오지 않았다. P 선생이 어디에서 죽어있을 것만 같은 불길한 생각 때문이었다.

뜬눈으로 뒤척거리다 새벽을 맞았다. 어제저녁 비가 온 탓인지 아침 안개가 버스 정류장을 뒤덮고 앞이 잘 보이지 않았다. 그러나 호텔에서 버스 정류장까지의 길은 언덕배기라서 밑에서 올라오는 사람이 희미하게 보였는데 저기만치 투덜투덜 혼 나간 사람처럼 걷는 한 사나이가 있었다.

"P 선생! P 선생인가?"

그도 말을 잇지 못하고 울먹이며 교회에 가기 위해 일찍 나왔다는 것이다.

"전화라도 하지 않고...,"

그가 반가우면서도 원망스러웠으나 살아 있음에 감사했다.

잘 마시지도 못한 동동주를 너무 많이 마신 탓에 우리 일행이 떠났는지도 모르고 정류장의 구석진 버스 뒤에서 토하면서 신음하고 있는데 어떤 노인이 부축해 그 집에서 정신 줄을 놓았다는 것이다. 우리 일행은 그 노인 댁에 다시 들려서 P 선생에게 큰절을 올리게 하였다.

"노인장! 큰 화를 면하게 해주셔서 너무나 감사합니다."

손을 잡고 진심 어린 감사 인사를 드렸다. 토하면서 버린 옷까지 빨아 말려 주고 할아버지의 바지까지 입혀 재워 주셨다니, 그 노인네는 술에 취해 정신을 잃고 쓰러져 죽을지도 모르는 위험한 사람들을 여러 차례 살렸다고 하셨다.

그때의 P 선생은 지금 한 학교를 경영하는 교장이다. 하마터면 한 교장을 잃을 뻔한 일이었다. 결혼 후 맨 먼저 떡과 술을 준비하여 그 노인 내외를 찾아 생명을 건져주신 은혜에 보답을 해야 한다고 일렀는데...,

고마우신 그 노인네는 지금 하늘나라에서 P 교장을 지켜보고 계시리라.

죽음의 고뇌

천주교에서는 11월을 세상 떠난 부모, 친지, 연옥 영혼들을 위해 기도와 희생을 바치며 자기 죽음도 묵상해보는 달로 정하고 있다. 나는 11월 18일 월요일. 한국전쟁 전후, 공권력에 의해서 희생되신 민간인 940여 명의 영혼을 달래 드리기 위한 영암군 합동위령제를 준비하면서 죽음에 대하여 깊이 생각해 봤다. 엊그제는 우리 레지오 단원 여덟 분을 모시고 효천에 있는 천주교 공동묘지를 찾아가 먼저 선종하신 신자들의 영원한 안식을 위해 연도를 올렸다. 참배예식을 마치고 단원 단합을 위해 저녁 식사를 하면서 죽음에 대한 이야기꽃을 피웠다.

인생이란 일정한 수명을 가지고 태어났기에 한해, 두 해 살아가고 있다면 그것은 자꾸만 죽음을 향하여 달리고 있는 것 같다. 이러한 비운의 운명을 안타까워 해보지 않는 사람은 아무도 없겠지만 피할 수 없는 자연의 섭리가 아닐까.

봄이 되기 전부터 나무에서 나온 싹은 차츰 자라서 가을이 깊어지면 마침내 단풍이 되어 낙엽으로 떨어진다. 잎이 떨어지는 것이 얼핏 슬퍼 보일 수도 있겠지만 그 나무가 해마다 살 수 있는 계기를 만들어 주는 만큼 슬픔의 대상이 아니라 축복일 것이다. 우리들의 죽음 또한 후손들을 영원히 살게 하는 희망이며 필연의 과정이다. 사실 죽음에 대한 두려움이나 공포보다도 죽어서 어떻게 될까 하는 두려움이 더 큰 문제가 될 수도 있다. 나뭇잎이 떨어져 거름이 되어 다시 잎으로 되기도 하겠지만 사람은 과연 죽으면 어떻게 될까?

사람이 죽으면 그로써 모든 것이 끝난다. 내생來生이 있어서 사후死後를 믿는다. 두 가지 논리가 있을 수 있을 것이다. 이 문제는 인류의 영원한 숙제가 아닐까 한다. 여기서 전자가 옳다면 인생이 너무 허무하다는 생각이 든다. 철학자 파스칼은 '내세가 있다고 믿고 살다가 만약에 살아생전 선행하여 천국에 든다면 땡잡은 인생이 아니겠는가, 그래서 나는 믿는다.'라고 말했다.

유교에서는 죽음을 천지 만물이 음양陰陽, 오행五行이라는 기氣의 집합으로 생겨나고, 또한 그 기가 흩어짐으로 없어진다고 했다. 사람도 기의 모임으로 태어났다가 그 기의 흩어진 현상이 바로 죽음이라고 했다. 내세를 믿지 않는다. 다만 자손을 통해 대를 이어 영생의 욕구를 대신한다. 자선慈善을 해야 후손들이 복을 받는다고 했다.

불교에서는 죽음을 다른 삶의 시작이며 종말이 아니라 본다.

전생의 업보에 따라 금생今生에 태어나서 다시 업을 짓고 죽으면 그 업과業果에 따라 내세가 열리지만 반드시 사람으로 다시 태어나는 것이 아니라 각자 자기가 지은 업보에 따라 윤회유전輪廻流轉한다고 했다. 그렇기 때문에 선업善業을 닦고 내세를 예비하는 것이 가장 바람직한 삶의 형태라고 강조했고, 이타행利他行을 해야 극락세계에 간다고 하였다.

"나는 부활이요. 생명이니 나를 믿는 자는 죽어도 살겠고, 무릇 살아서 믿는 자는 영원히 죽지 않고 살리라."

이것은 예수님의 말씀이다. 영생과 부활을 믿는 종교이다. 하느님을 믿고 그 가르침에 따라 살다 죽으면 육신은 썩어 사라지지만 영혼은 하늘나라에 올라가 영원히 산다고 믿고, 이웃을 내 몸처럼 사랑해야 천당에 간다고 했다.

죽음을 이처럼 어느 종교관이 옳다고 단정할 수만은 없을 것이다. 그것은 믿음의 문제이고 믿음을 전제로 하는 종교의 고유 영역에 속한다고 할 수 있다. 각기 방편은 다르지만 목표는 오직 하나, 현세의 삶을 바르고, 의롭고, 착하게 살라고 하는 지고지순至高至純한 가르침으로 귀결되지 않을까….

인간이 피할 수 없는 네 가지 마지막 문제. 세상에 사는 사람들은 누구나 결국 죽어야 하고 심판을 받아야 하며 그리고 나서는 천당이나 지옥으로 가야 한다. 그래서 죽음, 심판, 천당, 지옥을 천주교 교리문답에서 사말이라 불렀다. 윤정중 신부님 사말의 노래 끝부분을 소개한다.

그날그날 우리의 일거일동은 영원에로 넘어가 예금이 되오
연옥에나 지옥에 형벌도 되며 하늘나라 진주나 황금도 되오
무정할사 세월은 흐르고 있네 공로세워 천복을 싸올리든지
범죄하여 후세벌 장만하든지 무정할사 세월은 흐르고 있네
무심하게 하루를 지내는 동안 예금고는 저기서 오르고 있네
예사로운 일이라 등한하겠오 우리앞에 예금이 달라지는 걸
오늘하루 사는건 큰 은혜이요 이세상에 티끌을 알뜰이 모아
황금이나 진주로 변작하여서 부지런히 천국에 예금합시다
쉴새없이 천공을 달리는 지구 그속도는 포탄에 사오배라네
우리 죽음 결국은 이런 속도로 우리가슴 겨누고 돌진해오네
눈을 뜨고 아침에 일어나거든 그하루를 최후로 생각들 하고
밤이 되어 자리에 눕게 되거든 임종하는 자리로 준비들 하소
주 성모는 우리를 굽어보소서 이세상에 천만 번 태울지라도
후 세상엔 우리를 용서하소서 후 세상엔 우리를 용서하소서

방수로 박힌 못

벚꽃이 휘날리던 봄날이었다.

정들었던 화정마을을 떠나 원진빌라로 보금자리를 옮겼다. 새 집은 아름답고 맘에 들었다. 정말 기뻤다. 그런데 곧 장마가 시작된다는 일기예보가 있으니 옥상에 방수 처리가 안되어 비가 샐까 염려되었다. 방수작업 전문가를 찾기로 하였다. N 상가에 다양한 종류의 페인트들이 아름다움을 뽐내며 우리를 반갑게 맞았다. 장마를 미리 대비하는 사람들이 많은지 주문이 밀렸다고 했다. 순번을 기다리려면 오래 걸리니 직접 칠하는 것이 좋지 않겠냐며, 도색방법을 설명했다. 방수액과 페인트, 신나, 붓 등을 사 왔다.

작업복을 갈아입고 작업구상을 해 보았다. 그늘에서도 땀이 쏟아지고 살이 탈것 같은 무더운 여름 날씨에 경험도 없는 우리 부부 힘만으로는 무리일 것 같다는 생각이 들었다. 도와줄 사람을 생각해 보니, 엊그제 반 모임 월례회에서 날 일을 하고 다닌다는 교우 K가 선뜻 떠올랐다. 그에게 급히 연락했으나 주일 아침이라서 전화를 받지 않았다. 가까이 사는 처조카를 불렀다. 그 친구가 오기 전, 셋이서 구슬땀을 흘리면서 30여 평이 넘는 옥상의 초벌칠을 마쳤다. 하지를 넘긴 얄궂은 햇빛이 모자 틈을 파고들어 금방이라도 얼굴을 구워 버릴 것 같았다.

친구에게 연락이 왔다. 내 이야기를 듣고 급히 달려왔다. 이리저리 일거리를 살피더니 내 의견도 무시하고 작업반장처럼 작업지시를 내렸다. 그러면서 옥상에 또 옥상이 있다며 승강기의 지붕 위로 오르겠다는 것이었다.

"이곳에서 비가 새면 되겠는가?"

말릴 틈도 주지 않고 원숭이처럼 벽을 타고 급히 올라가 페인트 통을 주문했다. 작업 도중 오금이 저리면서 조마조마하여 내가 안절부절 어찌할 바를 몰랐다. 잠시 후, 작업을 끝내고 뛰어내리겠다는 것이다. 다칠 것이 뻔해 내가 완강히 말렸지만 막무가내였다.

"젊었을 때는 2층에서도 뛰어내렸거든, 3m밖에 안 된디, 별놈의 걱정을,"

장담을 시퍼렇게 하고 옥상 바닥으로 뛰어 내렸다.

"아이고! 나 죽네."

손이 떨려 119가 잘 눌러지지 않았다. 구조원들이 들것을 들고 잽싸게 달려왔다. 들것에 고정하여 H 병원 응급실로 옮겼다. 진단결과 발꿈치뼈가 산산조각이 났고, 허리가 골절되어 12주 진단이 나왔다. 척추가 잘못되면 장애인이 될 수도 있다는 것이다. 눈앞이 캄캄했다. 정신이 아찔했다. 발바닥 뼛속에 쇠 넣는 수술을 세 번이나 하고, 허리에는 풍선 시술을 하여 천만다행으로 장애인 면은 하게 되었다. 나이 먹으니 치료가 더디고 고통을 심히 호소했다. 그럴 때마다 죄인이 된 나는 미안해서 어찌 할 바를 몰랐다.

나는 매일 병원에 들러 팔다리를 주무르며 성모님께 간절히 기도했다. 처음에는 어찌 되던지 빨리 낫기를 기원했지만 날이 갈수록 진료비가 마음을 옭아맸다. 내가 불렀으니 당연히 진료비는 내가 내야 하지? 강력히 말렸지 않았느냐? 마음은 갈등했다. 퇴원할 무렵이 되니, 고민했던 진료비를 그가 말했다. 진료비가 생각보다 많이 나왔으나 친구 뜻을 존중하기로 했다. 그렇게 결정을 하고도 내 마음은 홀가분하지가 않았다. 얼마를 더 요양해야 할까? 앞으로 그의 몸 상태는 어떨까? 마음이 심란했다. 뒤탈이 없도록 합의서를 받고 싶었다. 당연하다고 생각했는데 그는,

"신안토니오라고 생각했는데, 자네도 어쩔 수 없이 신중재로구먼."

순수한 그의 신심을 헤아리지 못한 내가 부끄러웠다. 가슴에 찍혀 있는 대못 하나는 빠진 것 같지만 남은 못이 몇 개나 더 될

까? 그가 목발 내던지고 같이 미사 참례하며 목청껏 성가 부르는 날 내 가슴에 박힌 못들은 모두 뽑힐까?

그는 1년을 요양하다 퇴원하여 목발을 짚고 성당에 미사를 참례했다. 얼마 지나 그것마저 내 던지고 만났던 날, 그가 밝은 미소로 나를 대하며 악수를 청했다. 숨 막히는 암흑에서 빠져나온 기분이었다. 남은 작업을 그와 완성하고 지난날을 되새겨 보고 싶었지만 실행에 옮기지는 못했다.

그 후, 5년의 세월이 흘렀다. 코로나 19로 일손을 멈추고 가택 연금 상태에 접어들어 지루했던 봄날, 철저한 옥상 방수 작업계획을 세웠다. 이젠 누구의 손도 빌리지 않겠다. 일주일 간격을 두고 하도에서 상도까지 정성껏 칠하고, 벽 페인트 작업까지 고운 회색으로 깔끔히 단장하고 나니 마음이 흐뭇했다.

새롭게 단장한 옥상에서 평상을 펴놓고 아내의 생일파티를 열었다. 불빛 속의 옥상 자태는 새색시가 차려입은 색동옷처럼 아름답고 정을 듬뿍 담았다. 부부의 힘으로 이루었다는 자부심까지도 생겼다. 저만큼의 상무지구에서 내온 사인의 불빛이 찬란히 비춰주고 있었다. 운천 호수의 해맑은 미소가 날아들고, 앞산 중앙공원 편백들의 속삭이는 소리가 하모니를 이루며 우리 가족을 축복했다.

스페인의 향기

스페인으로 여행을 떠났다.

시집살이 40년 아카시아 향을 맡으며 회갑을 맞는다. 부부궁이 좋아서였던지 딸 둘, 아들 둘, 짝을 채워 보통 시민 건사한 덕에 자식들은 엄마 회갑 기념 여행을 건축의 나라 스페인에 다녀오길 원했다. 세월호 참사로 온 국민이 침울하다. 아직 물속에서 생사조차 알지 못한다. 피눈물을 흘리고 있는 유족들 생각에 여행 다녀오라는 자식들 권유에도 선뜻 응하지 못했다. 그러나 평생 한 번 맞는 아내 회갑을 생각하니 반대할 수가 없다. 마지못해 아내 보호자 역할을 하기로 했다.

인천공항은 한산했다. 세월호 파장이 심각함을 절감했다. 작년 2월만 해도 공항 안은 여행객들로 발 들여 놓을 틈 없이 북적이던 곳이 오늘은 우리 팀 25명만이 초라하게 비행기에 탑승하는 것 같다. 비행기에 탑승하려니 A 항공사 스페인 직항 첫 시승 기념식이 진행되었다. 첫 직항코스 기념 테프 커팅과 승무원, 항해사에게 꽃다발 증정과 환영 박수가 터져 나왔다. 아내의 회갑 여행과 겹쳐 나름 기쁨을 같이했다. 우리나라와 시차가 일곱 시간이니 거의 지구를 뚫으면 맞닿을 위치의 나라다. 세계 건축의 아버지 가우디를 낳은 곳이다. 아메리카 신대륙을 발견한 콜럼버스와 돈키호테의 동화를 지은 세르반테스의 나라, 거장 피카소 활동무대의 나라 스페인,

세월호 사고 때문에 비행기의 이, 착륙에 가슴이 조여 왔으나 최고의 비행 조종사 임을 운행 도중 알았다. 최상고도에서의 기류 영향으로 흔들림은 있었으나 순항이었다. 태양과의 달리기에서 우리가 탄 비행기 속도가 더 느려 아침에 탄 비행기는 13시간을 비행하고도 해가 더 앞서 있기에 도착지에는 오후시간이었다. 처음 발을 디딘 곳은 우리나라 황영조 선수가 마라톤에서 우승하여 세운 기념비가 국위를 선양하고 있는 바르셀로나 종합운동장이었다. 온통 간판이 로마자 알파벳만 보이는 곳에서 한글로 된 기념비는 우리들을 환영하고 반기듯 했다.

우리 국토의 다섯 배에 달하는 평원지대 지중해를 왼쪽에 끼고 발렌시아를 거쳐 그라나다 스페인의 남부 안달루시아 지방을 향해 줄곧 내려가며 주요 관광지에서 감탄을 연발했다. 세비야 대성당의 큰 규모, 크고 작은 기도 방, 벽돌을 떡 주무르듯 한 곡선과 직선의 균형 미, 고색 찬연한 색깔, 웅장함, 찬란한 건축

술과 당시의 위용에 까무러쳤다. 입이 다물어지지 않았다. 동행한 여행객들은 사진 촬영에 여념이 없었다. 가톨릭 신자인 우리는 자부심에 마음 뿌듯했다. 성지순례 목적여행은 아니었는데도 말이다. 남부의 도시로 내려갈수록 끝없는 들판에 나란하게 늘어 선 작은 포도밭, 세계 수확량의 최고를 자랑하는 은빛 고목 올리브 나무들, 샛노랗고 풍성하게 익어가는 먹음직한 열매가 달린 오렌지 나무들, 끝이 보이지 않는 밀밭의 스프링클러만이 주인 없이 홀로 물을 뿜으며 서서히 운행하고 있는 풍경은 한 폭의 명화였다. 조상 잘 만난 덕에 후손들은 큰 노력 없이 부자로 살겠다는 부러움도 있었다.

1년을 채 채우지 않고 건축한 우리나라 성당에 비하면 이슬람과 그리스도교가 뒤섞인 이슬람 후우마야 왕궁의 수도 코르도바 대성당, 266년 동안에 완성한 천년고도의 톨래토에 세워진 대성당의 우아함에 발길이 떨어지지 않는다. 천 년 전 건축 당시 이슬람 성지 사원을 증축하고 수정 보완하여 가톨릭의 대성당으로 사용한 너그러움에 혀를 내두른다. 종교와 이념을 떠나 조상 유산을 그대로 쓰는 것이 당연하다 생각할 수도 있겠으나 타종교인이 기초한 건물 위에 가톨릭의 성전을 증축함의 여유에 고개가 숙어진다. 800년 이슬람의 문화가 스페인 혈관 속에 면면히 살아 움직이며 스페인만의 결정체로 정화된 조각이 스페인 건축이다. 치열했던 종교 전쟁의 흔적은 찾을 길이 없고 건축된 벽이나 기둥의 건축 양식에서만이 구별된다. 지키려는 자들과 탈환하려는 자들의 피비린내 나는 전투에서 승리자의 기념품들만이 그때 상황을 대변하여 후세까지 그 위용을 자랑한다.

스페인 광장은 중세의 맥박이 뛰고 있는 구도심의 서쪽을 등대처럼 지키는 광장이다. 직사각형의 대지를 선과 면으로 구획하여 분수와 돈키호테 동상을 안고 있는 작은 마당과 연못을 적당한 비례로 배치했다. 교회가 신의 지혜를 배우는 학교라면 작은 광장은 신과 인간이 한몸과 가슴으로 소통하는 공간인 듯하다. 평생을 곤궁과 불행한 삶을 살았던 세르반테스는 자신의 누추한 인생을 녹여가며 명작 돈키호테를 꽃피웠다. 만인의 가슴에 꿈과 자유와 해학을 선물한 세르반테스는 세상 누구보다 불행한 인생의 밑바닥에서 해학을 발견한다.

영화의 한 장면이나 TV에서 보았던 투우경기를 구경하고 싶었으나 관람이 여의치 않았다. 투우 소와 투우사가 생사의 갈림길에서 치열한 싸움은 자칫 인간의 잔인함으로 비춰지기에 점점 사라지는 추세라서 서운함을 뒤로하고 플라멩코 댄스의 진수를 관람했다. 투우사와 투우 소의 싸움을 탭댄스로 간접 묘사한 찰나의 시간과 긴박감에 기립박수로 90분은 순간에 지났다. 무용수들은 세계 일인자답게 구두 뒷굽 소리로 관람객들을 사로잡아 흥분의 연속이었다. 그곳에서 맥주의 쓴맛 또한 일품이었다.

스페인 수도 400만 마드리드 시민들의 자랑은 프라도 박물관의 미술품들이다. 소장된 미술품 판매금액을 구태여 따진다면 그 시민들의 50년 동안 먹고살 만한 값이라니 가히 그 가치를 짐작하고 남는다. 8,000점의 미술품들 중에서 3,000점을 교체 전시하며 그 일부만을 관람할 수 있었다. 이사벨 여왕과 그 당시 왕실 생활의 화려함을 인간이 표현할 수 있는 최고의 솜씨로 그 상황들을 예리한 판단으로 실물보다 더 실물같이 표현함에 감탄을 거듭했다. 사람들의 눈빛이나 움직임 표현이 살아서 꿈틀거림에 나의 자세를 숙연하게 했다. 수백 년이 지난 숨은 역사의 이야기를 풀어낼 실마리는 피카소의 후예답게 아름다운 색채로의 표현이 극치를 이뤘다.

성가족 대성당과 구엘 공원은 바르셀로나의 자존심이다. 여행객들의 여행 전부를 대변하여 줌에 부족함이 없었다. 오랫동안 잔상에 남게 마지막 코스로 최적지다. 세계 최고의 건축가 가우디 인생의 시작과 끝을 함께한 그의 평생 프로젝트였다. 오랫동안 수련하고 내공을 쌓은 사람 앞에 서면 강력한 마력을 느끼는 것처럼 걸작 앞에서 온몸에 파고드는 묘한 생명력과 파장을 감지했다. 그것은 특별한 건축물에서 느낄 수 있는 일종의 경외감이며 건축물만의 독창적인 예술성이었다. 그는 각종 곤충과 뱀과 버섯, 가로수 등에서 건축 공간 장식의 모티프를 얻었다. 그의 나이 약관 31세부터 시작하여 76세의 전차 사고사 후 100년 후에 완성을 보기로 계획되어 지금도 영생의 문이 진행되고 있었다. 그는 평생을 독신으로 오로지 성당건축 만을 위해 평생을 바쳤다. 죽을 때는 낡은 성경만이 그를 지켰다니 가난한 자의 삶을 보여 준 본보기다. 조금 남은 재산마저 성당 건립에 보태라고 평소 유언했다고 한다.

스페인 건축만의 독특한 색깔과 맛과 향기는 아마 지중해의 빛과 돌과 사람이 엮어낸 그들만의 독창적인 문화에서 찾을 수 있었다. 지중해의 넉넉한 미소를 선물한 맑고 청명한 빛과 그 빛을 머금은 돌의 깊은 시간과 두꺼운 유산에 기대어 느긋하게 즐기며 살아가는 국민성이 그들의 건축을 아름답게 조각하지 않았나 짐작한다. 서로 다름을 인정하고 경쟁하고 공존하는 그들만의 공동체 문화는 건축을 한층 더 풍부하게 만들었다. 이슬람의 향기가 지워지지 않는 문화에 스페인 건축문화를 두툼하게 살찌웠다. 이들은 모두 이슬람과 가우디의 디자인 DNA를 유산으로 물려받았을까? 스페인 건축이 세계의 중심으로 우뚝 설 수 있는 배경이자 힘의 원천이 된 듯하다. 스페인은 오늘도 내 가슴 속에 뛰고 있다.

자연이 준 기적의 물

식초가 혈액지방을 없앤다.

혈액이 맑지 못하여 혈관에 지방이 끼면 동맥경화, 뇌출혈, 혈액암, 돌연사, 중풍으로 불구의 몸이 된다. 현대인 최대 관심사는 건강과 장수이다. 그러나 늙으면 병 없이 사는 사람은 드물다. 허리, 오십견, 혈압, 당뇨병 등의 소소한 병으로부터 각종 암으로 인해 병원이나 약국을 찾는다. 나도 아침밥을 먹고 나면 어김없이 혈압약 한 알로 혈압을 조절한다. 언제부터인가 귀속에서 귀뚜라미 소리가 들린다. 유명한 이비인후과들에서 몇 달을 치료해 봤고, 여러 한방병원에서 한약, 침·뜸 치료를 받아 봤어도 별 차도가 없었다. 이젠 이명耳鳴과 같이 살기로 작정했다. 축농증, 전립선까지 겹쳐 한약 알을 추가하니 약량이 늘어나 내 몸은 종합병원이 될지 모르겠다.

언젠가 우연히 유튜브YouTube에서 '식초'에 관한 글을 읽게 되었다. 호기심이 생기고 더 알고 싶어서 도서관을 들러보니 식초 관련 서적들이 많았다. 그중에서 칼 오레이Cal Orey가 쓴 '자연이 준 기적의 물 식초'란 책을 대여해 단숨에 읽었다. 놀라운 보물을 찾은 것 같았다. 자연이 선물한 최고의 보약 식초는 새로운 웰빙의 대세로 자리 잡을 '1만 년 인류의 지혜' 그 모든 것을 담는 최고 건강 안내서였다. 영양학자, 노화 방지, 건강전문가 볼 브래그가

"식초는 인류가 만들어 낸 최고의 장수 식품이다."

사과농장의 한 농부가 사과를 보관하였다가 발견한 그 식초로 노벨상을 세 사람이나 수상했다면 아직도 더 많은 비밀을 숨기고 있는 것은 아닐지,

히포크라테스의 소박한 진료실, 성서시대 가난한 사람들의 포도원, 흑사병이 창궐한 프랑스의 마을 뒤꼍, 고된 허드렛일에 시달리는 농부의 초라한 식탁, 그리고 오늘날에도 여전히 우리의 식탁 한쪽에 놓여 새콤한 맛과 건강을 전하여 살아 숨 쉬고 있다.

시중에 여러 종류의 식초들이 등장했다. 사과식초, 감식초, 막걸리 식초 등의 식초가 있으나 식초의 대명사는 사과식초이다. 사과식초에 들어 있는 '베타카로틴'은 강력한 항산화물이다. 이 물질은 녹색 채소에 많은 성분으로 간에서 비타민A로 변하는데 정상 세포를 암세포로 만드는 유리기 분자를 분해한다. 또, 뼈를

튼튼하게 하는 '붕소'와 함께 뼈를 구성하는 가장 중요한 무기질인 칼슘이 들어 있다. 칼슘이 부족하면 골다공증이 생긴다. 그리고 맛있게 소화하는 '효소'와 소화를 돕는 염산이 들어있다. 몸속의 기름기를 쫙 빼 주는 펙틴이라는 섬유질이 있는데 이는 혈중 콜레스테롤 수치를 낮춰 심장질환, 고혈압을 예방한다. 또한, 소화하기 쉽고 흡수 가능한 형태의 철분을 공급하여 빈혈을 예방하는 효과도 있다. 관절염, 삐었을 때, 쥐가 났을 때, 상처가 났을 때, 종기가 났을 때 등에서 유용하게 쓰이는 만병통치의 치료제라니 도저히 믿기지 않는다.

나는 마트에 들러 쌀 막걸리 30병과 사과 한 상자를 샀다. 식초 담글 그릇을 잘 닦아 소주를 부어 헹구고 소독한 뒤, 건조했다. 막걸리는 맑은 것만을 붓고 중초로 사과식초를 한 컵 섞은 후, 그릇 주둥이는 막지 않고 공기가 유입되게 망을 씌웠다. 사과는 깨끗이 씻어 말린 뒤 가운데 씨를 빼고 껍질은 깎지 않고 잘게 썰어서 용기에 넣고 설탕을 조금 넣은 뒤 '이스트'를 넣었다. 며칠 지나니 방안에서 초파리가 나르고 식초 냄새가 진동하여 옥상 창고에 시원하게 숙성시켰다.

내가 만든 식초가 나오려면 최소한 6개월의 시간이 필요하기 때문에 우선 마트에 들러 사과식초를 사 정수기 옆에 놓고 식후 두 숟가락 정도를 따뜻한 물 한 컵에 타서 규칙적으로 마셨다. 내 몸에 어떤 변화가 있는지 살펴서 우선 가족들에게 식초 투여 처방 내릴 계획이다. 가까운 친구들에게도 내가 식초에 관심이

있어 연구해 보겠노라고 회식 자리에서 숙성되면 한 병씩 나누어 줄 것이라고 공언했는데…,

오이와 미역, 다시마, 김 가루 냉국을 탈 때 식초를 넣어 먹으면 좋겠다고 아내에게 말하니,

"뭔 소리해요. 나는 옛날부터 여름이면 된장국 대신 유기농 자연발효 사과식초를 넣어서 오이냉국, 미역 냉국을 타 주면 그렇게도 잘 먹더니만 새삼스럽게 왜 그러세요."

이렇게 식초는 여러 가지 요리에도 쓰인다. 생선국을 끓일 때 비린내 없애기, 생선회, 막힌 하수구를 뚫기, 주방 설거지 할 때까지 쓰인다니 쓰임이 정말 많은 것 같다.

나는 아침에 화장실에 가면 변이 무르거나 과음한 날에는 거의 설사를 했다. 그렇지 않으면 변비가 있는 것처럼 뒤끝이 개운치 않고 자주 화장실에 앉았는데도 아랫배가 무거웠다. 혹시 대장에 이상이 생긴 것이 아닐까? 대장 내시경을 했는데도 아직은 아무런 이상이 없다. 날마다 사과식초를 마신 지 한 달쯤 되니 내 몸에 변화가 일기 시작했다. 변비약을 먹은 것처럼 기분이 아주 상쾌해졌다. 아픈 아랫배도 아프지 않고, 두세 번씩 들락거리던 화장실도 기상하자마자 단 한 번으로 해결된다. 밥 입맛도 좋아지고 잠도 잘 온다. 꾸준히 마신다면 혈압이 내리고 이명까지도 잡힐지 모르겠다. 시력까지 좋아진다면 금상첨화가 아닌가.

최고의 양념이자 최고의 치료제 식초.

IQ에 대한 오해

우리는 IQ가 높아야 공부를 잘 할 수 있다고 생각한다. 서울대학교 학생이 되려면 IQ 125 이상은 되어야 한다는 이야기도 있다. IQ가 낮으면 공부도 못하고 사회생활도 뒤질 것이라 규정짓곤 한다. IQ와 학업성취능력과 상관성은 얼마나 있는 것일까? IQ와 성공지수는 연관이 있을까? 인간이 가지고 있는 능력을 지수로 나타내는 것에는 도덕성 지수(MQ), 감성지수(EQ), 사회성 지수(SQ), 문화지수(CQ), 지혜지수(WQ)들이 있다. 또한, 미국 하버드대 심리학 박사 가드너는 다중지능 이론을 펴기도 했다.

고등학교 다닐 때 일이 생각난다. 반에 라이벌이 세 명 있었다. 시골의 농업학교라고 친구들 태반은 열심히 공부하지 않았다. 나도 상고를 졸업하여 은행원이 꿈이었기 때문에 학년 초에는 학습에 별로 흥미를 느끼지 못하고 마지못해 학교에 다녔다.

한 학기를 마무리 하고 2학기에 접어들면서, '나의 운명이라면 차라리 열심히 공부해 보자!' 결심을 새롭게 했다. 담임선생님께 농장경영에 참여하고 학비를 감면받을 수 있는 농장 장학생을 신청했다. 이 학생이 되면 틈틈이 농장이나 축사, 실습장을 관리하고 학비를 감면받을 수 있는 특혜가 주어졌다. 농장 경영에 참여하느라 공부하는 틈틈이 농장에서 실습을 하려니 몸은 고되고 힘들었지만 나에게 엄청나게 좋은 학습의 경험이었다. '젊어 고생은 사서도 한다.' 했지 않는가? 그런데 나는 학비를 벌면서 얻은 교훈이었으니 일거양득이었던 셈이다. 나중에 안 일이지만 선생님들과 가까워지는 기회가 될 수 있었고 학과 성적도 높이 받을 수 있었다. 이렇게 남은 기간 동안 선생님들이 아끼고 사랑해 주시니 3년 동안 하루도 결석하지 않고 우수한 성적으로 졸업할 수 있는 특혜를 받게 되었다.

졸업할 무렵, 한 친구는 농협에 취직을 했다. 또, 5급 공무원에 합격하여 면사무소에 취직한 친구들도 있었고, 집안이 넉넉한 친구들은 대학에 합격하기도 했다. 나도 면서기라도 되고 싶었다. 그들이 대통령이라도 된 듯이 부럽기 그지없었다. 지금의 취업전선에서 허덕이고 있는 젊은이들처럼 졸업 후, 앞날을 걱정하며 괴로운 시간을 보내고 있을 때, 국가에서 농업장려책을 펴면서 농고 졸업생들에게 일반고 학생보다 채용 부과점수를 더 주어 교사 길을 열어 주었다.

인구정책의 실패로 갑자기 늘어난 학생들 때문에 교사들을 2

년제 교육대학생 만으로는 채용할 수 없어 별수 없이 16주 교사 교육 후에 현장으로 발령시키는 임시교원양성제도가 생긴 것이다. 나에게 좋은 기회였다. 농업고등학교 출신이 교사가 된다는 것은 큰 모순이 아니었는지 모르겠으나 그 길은 나의 천직이 되고 말았다.

교사가 된 후 이왕 교직에 계속 머물려면 더 공부하지 않으면 안 된다는 생각이 들었다. 그래서 방학 동안을 이용해 공부하는 계절제 통신대학에 진학하기로 맘먹고 통신대학 진학에 필요한 졸업증명서와 성적증명서를 띄기 위해서 고등학교에 들렀다. 학적부를 열람하니 가슴이 콩닥거렸다. 그 동안 궁금했던 나의 IQ는 얼마나 될까? 나의 성적은 다른 친구들과 어떤 차이가 있을까? 피나는 노력과 선생님들의 지지 속에서도 한 친구를 제치지 못한 이유는 뭘까? 지금 같으면 개인정보 유출 때문에 자기 성적밖에 볼 수 없지만 그때는 그런 규제가 없어서 친구들의 정보도 알 수 있었다. 그리고 평소에 궁금하였던 것들을 들춰 볼 수 있었다. 나는 내 IQ를 보고 깜짝 놀랐다. '내 머리가 이 정도밖에 안되었구나! 그러니 그렇게 죽을힘을 다해 공부했어도 그 성적밖에 못 얻었구먼!' 관심 있는 다른 친구들의 IQ도 살펴보았는데 그 친구의 IQ를 보고 또 한 번 질겁하였다. 이럴 수가 있다는 말인가? 평소에 그 친구는 놀면서도 성적은 1위이니 그 친구는 IQ가 나보다 훨씬 높을 것으로 생각했으나 나와 비슷할 뿐이었다.

세월이 많이 흘러 그때 훔쳐보았던 친구들의 IQ와 그들의 삶을 비교해 보게 되었다. 유난히 IQ가 낮거나 학과 성적이 부진했던 친구도 교사가 되어 나보다 먼저 승진하였고, 더 멋진 삶을 살아가고 있었으며, 사업으로 돈을 많이 벌어 갑부가 된 친구, 일찍 회사 고급 간부로 떵떵거리며 살았던 친구, 자식이 법조계에 합격하거나 의사가 된 친구도 있다.

세계에서 가장 IQ 높은 사람은 미국의 사반트, 그녀는 IQ 228로 기네스북에 올라있다. 그녀는 'Parade'라는 잡지에 수학 칼럼을 기고하는 것 외에는 평범한 가정주부로 특별한 활동이 없다. 10대에 대학을 마치는 등의 '천재'들은 일찍 활동을 시작한다는 것 외에 대개 과학계에 별다른 발자국을 남기지 못하고 있다. 반면 수학과 과학을 제외하고는 구제 불능의 낙제생이었던 아인슈타인은 불멸의 천재로 누구나 알고 있다.

이런 면에서 IQ는 원인이 아니라 결과인 것 같다. 예컨대 IQ가 높기 때문에 공부를 잘하는 것이 아니라 공부를 잘하기 때문에 IQ가 높은 것은 아닌가? 공부를 잘하는 데에는 물론 머리가 좋을 수도 있겠지만, 부모의 학력 수준이 높다거나 부유한 집안이라 과외를 했을 수도 있을 것이다. 즉 환경적인 요소를 무시할 수 없다는 이야기일 수 있다. 오해는 편견을 낳는다. 가장 큰 문제는 IQ가 사람들을 분류하고 평가하는 기준이 되고 있다는 점이다. IQ는 선천적인 총명함이 아닌, 후천적인 교육 환경에 좌우된다고 할 수도 있는데...,

스위스 폴켄의 연구 결과에 따르면, 국가별 평균 IQ에서 한국은 106을 기록해 전 세계에서 2위를 차지한다. 그러나 우리나라는 아직 과학기술분야에서 한 명의 노벨상 수상자도 배출해내지 못했다. 이는 한민족이 전 세계에서 가장 천재적이라는 증거가 아니라, 한국의 교육열이 전 세계에서 최고라는 것을 의미하지 않을까.

"IQ 검사는 결국 120가지 능력 중, 7개를 측정해 놓고 그 사람의 지적 능력을 모두 파악했다고 말한다."

포드가 말했다. 그러므로 IQ는 한 사람의 삶 능력을 종합적으로 측정하는 검사라 할 수 없지 않을까? 삶의 전반적인 적응 능력 속에는 남들과 잘 어울리고 타인을 수용하는 사회성지수(SQ)를 포함해 자신의 감정과 정서를 조절하고 관리하며 통제하는 감성지수(EQ) 능력이 포함된다. 그런데 IQ는 이런 능력을 전혀 측정하지 못하고 있다.

벚꽃처럼 화사한 모습

지난겨울은 우리 고장에도 영하 10도를 넘나드는 혹한이 오기도 했다. 그렇게도 추웠던 시련을 봄의 화신은 결국 이겨냈다. 섬진강 매화 축제, 영취산 진달래 축제, 구례 산수유 축제, 진해 군항제는 오는 봄을 재촉했는지 이젠 완연한 봄이다. 흐드러지게 핀 구림의 벚꽃은 보기 드문 장관이다. 고목에서 핀 연분홍 벚꽃은 자연의 신비라고 밖에 말할 수 없다. 감탄이 절로 나온다. 올해 스물여덟 번 째 맞는「영암 왕인박사문화축제」는 한층 더 성대하다. 꽃 축제 중의 으뜸은 벚꽃 축제이리라. 그것은 어떤 꽃보다 화려하기 때문이다. 벚꽃의 꽃말은 순결, 절세미인, 연인의 매혹을 상징한다. 이 꽃은 일제히 피었다가 눈처럼 흩날리면서 미련 없이 나무 잎에 자리를 양보하면서 뒤끝 없이 아름답게 낙화함 또한 일품 아닌가?

문화 축제의 주인공 왕인박사는 백제 14대 근구수왕 때에 영암군 군서면 성기동에서 출생하였다. 여덟 살 때에 월출산 주지봉 기슭에 있는 문산재에 입문했고, 문장이 뛰어나 18세에는 오경박사에 등용되기도 했다. 약관 32세 때, 일본에 초청되어 태자의 스승이 되었고, 도공陶工, 야공冶工, 와공瓦工 등 많은 기술자들과 함께 가서 그들에게 기술을 전달케 하였으며, 논어와 천자문 등을 전수하여 일본의 비조飛鳥 문화(가시어 아스카)의 원조로 그들 문화예술을 꽃피우는데 공이 크다.

왕인박사 탄생지 구림鳩林의 '鳩'는 도선 전설에 비춰보면 비둘기이다. 그러나 '鳩'는 '모인다. 편안하다.'의 뜻도 있다. 풍요로운 들판, 조수가 열어 주는 뱃길과 수산물, 아침 해가 천황봉에 솟고 저녁 노을이 상혼적산(장천리에 있는 산)을 적시는 천혜의 승지勝地[2] 구림은 편안한 땅이다. 월출산에서 달돋이를 가장 잘 볼 수 있는 곳이기도 하다.

나는 지금도 벚꽃이 만발한 밤의 도갑사 골짝에 흐르는 쾌청한 물소리가 귓전에 들리는 듯하다. 그날 밤의 별은 유난히 빛났었다. 어디선가 불어오는 봄바람은 꽃잎을 날려 진눈깨비로 변화시켰으나 봄눈이라는 낭만의 느낌은 들지 않았다. 기다리고 기다려도 그녀는 나타나지 않았다. 시간은 점점 흘러 초조해지기까지 했다. 그렇게 꽃길을 외롭고 쓸쓸히 걸었다. 매일 보내는 연서戀書가 배달 사고라도 났다는 말인가? 나는 그 여인에게 된

---

2) 경치가 좋은 곳

바람을 맞았다. 반짝이는 밤하늘의 별도 얄밉게 느껴졌다.

나는 첫눈에 그 여인에게 반했었는지? 달을 쳐다봐도 그 여인의 얼굴이고, 별을 쳐다봐도 그녀였다. 밥을 먹으면서도, 잠을 자고, 아이들을 가르치면서도 그 여인의 얼굴이 아른거렸다. 금방 만났는데도 또 만나고 싶었다. 나와 결혼은 해 줄까? 우리는 하루가 멀다고 만났다. 우리의 데이트 장소는 지금 벚꽃이 만발한 꽃길이었다.

데이트가 끝나는 시간은 하숙집에 키우는 거위 울음이 신호가 되었다.

"아, 어제저녁에도 그들은 데이트를 했는가 보네."

아침이면 우물가 빨래터에서 그런 이야기가 회자하였던 모양이다. 조그마한 초등학교의 유일한 총각 선생이 동네에 살고 있으니 아가씨들의 입방아에 오르내릴 수밖에 없었을 것이다. 그러기를 3년, 우리의 사랑은 결실을 보았다. 나의 벚꽃 길에서의 추억거리다. 아내와 지금도 그때의 행복했던 순간들을 이야기하곤 한다.

이렇게 나에게는 잊을 수 없는 추억과 사랑을 안겨 준 고향에 많은 향수를 느끼고 있었지만, 공직생활은 그렇지를 못했다. 지난날을 회상하며 고향에서 얽힌 나의 이야기들을 고향신문에 올려 독자들에게 읽을거리를 제공하는 것도 좋겠다는 생각이 들었다.

나의 미력한 힘이나마 한국전쟁으로 인한 유족들의 가슴에 응어리진 마음을 조금이라도 풀어, 벚꽃처럼 화사한 모습을 볼 수 있었으면 좋겠다.

살아서 가본 극락

"죽어서도 못 가는 극락 살아서 오심을 환영합니다."

1980년 3월 2일 월요일 아침 광주 극락초등학교(서구 유덕동) 직원 조회시간 신임교사 환영식에서 검은 태 안경 너머 묵직한 몸매 K 교장의 엄중한 환영의 인사말이었다. 각 군에서 광주시의 어려운 관문을 통과하여 설레는 마음으로 낯선 교직원 모임에 새로 부임해 온 교사들에게 농담 비슷한 환영사 첫 마디, 웃음기 없는 무표정한 얼굴, 예닐곱 신임교사들은 웃음을 터트렸으나 40년의 세월이 흐른 지금까지도 그날 조회 때의 기억은 생생하다.

불가佛家에서 '극락 세계에는 비와 눈이 없고 해와 달이 없으나 항상 밝고 어둡지 아니하며 밤과 낮이 없거니와 꽃이 피고 새가 우는 것으로 낮을 삼고 꽃이 지고 새가 쉬는 것으로 밤을 삼으며 극락 세계의 일주는 사바 세계의 일 겁(1,680만 년)이요. 또 항상 봄과 같이 온화하고 밝으며 상쾌한 것은 말할 것도 없고 여러 가지 보배와 수많은 향으로 되었으며 장엄한 것이 기묘하고 광채가 휘황한 것은 다 말할 수 없다.'라고 한다.

시골 교사들의 꿈이었던 광주시 학교로의 전입은 하늘의 별 따기처럼 어렵고 힘들었으니 축하받을 만한 일이었다. 그 당시 300여 명의 교사들이 광주시로 전입했다. 시골 학교에서 근무하면서 광주시로 전입하려면 벽지근무, 과학 작품을 제작하여 수상, 체육 선수를 육성하여 우승하는 실적들이 있어야 했으며 연말의 근무평정에서 높은 점수를 획득해야 가능했는데 아마 당시에 나도 그런 조건에 맞았던 것 같다. 전입 순위가 150번쯤 되었지 싶다.

광주시 전입, 삼 년째 되던 3월 교내인사를 발표하기 직전, 숙직실에서 교장 선생님이 나를 불렀다.

"자네가 비밀을 지키지 못했기 때문에 6학년 주임과 과학 주임을 겸해야 하겠네."

"예, 그렇게 하겠습니다. 걱정 마십시오."

그러나 그 이유나 알고 싶었다. 내가 3학년, 새마을 주임이 내정되어 발표 전날 밤에 인사 서류를 정서했는데, 한 선배로부터 전화가 와서 인사내용을 알려 주었다. 그것이 화근이 되어 그 선배가 교장 선생님에게 강력히 항의를 하게 되니 '비밀을 누설한 죄?'로 그가 싫다는 6학년과 과학부장을 내가 감당해야 한다는 것이었다. '무엇이 좋을지도 모르는 일인데…,'

6학년에는 나보다 선배교사 다섯 분이 배정됐다. 교감자격까지 획득한 교사가 두 분이었으며, 나주시에서 이름께나 날린 1등 교사가 배치됐으니 마음이 무거웠다. 정신을 똑바로 차리지 않으면 선배들에게 고문관이 될 가능성이 커서 걱정이었다.

'매사 최선을 다 하면 선배들도 인정하겠지, 부장으로서 권위보다는 선배들의 심부름꾼 노릇을 하자.' 학년 업무에 최선을 다했으며 학년 담당 업무는 내가 솔선수범하니 차차로 선배들이 인정해 주어 학교생활은 순조로웠다. 과학 주임이니 과학실에서 1교시에 수업을 하고 각종 수업자료를 비치해 다음 시간에 편리하게 운영하도록 도왔으며 기타 학습 자료들도 잘 안내했다. 매월 평가문제를 출제할 때도 선배들보다 내가 더 많은 과목을 맡았다.

변두리 학교에서 3년을 근무하면 근무평정과 부가점수를 확보하여 시내학교로 전입하는 제도가 있었다. 양보했던 3학년 부장보다 더 열심히 일했고, 과학 부장의 업무 중에서 과학 작품을 제작하여 수상하면 부과점수를 얻을 기회가 생겼다. 6학년 교재의 '전력과 자기장'을 편리하게 지도할 수 있는 학습 세트를 제작하여 특상을 받고, 근무 평정도 높은 점수를 얻어 1983년 3월

정기인사 때에 광주시 중심지 J 초등학교로 영전했다.

88개 학급의 중심지 학교로 전입되어 연구학교 주제를 담당하는 중책을 5년 내내 맡으면서 연구 활동을 꾸준히 하게 되었다. 교사들의 꽃이라는 연구대회도 전국대회까지 참여하여 수상하는 영광으로 나의 교직에 서광이 비치기 시작했다. 밤이면 야간대학도 2년 수강했으며, 극락에서 3년 동안 갈고 닦은 붓글씨가 광주시 미술대전에서 특선으로 뽑혔고, 그 후로 꾸준히 정진해 1999년에는 초대작가가 되는 영광이 있었으니…,

우리가 죽으면 극락에 갈 수 있는 조건도 자기 자신의 삶에서 얼마나 선행을 했느냐? 노력했는가? 하는 것이 관건이라는 생각이 든다. 만약에 극락학교에서 교장 선생님의 교내 인사 조처 불이익을 감수하지 않았다면 여기까지 왔을까? 극락에서 만난 다섯 선배들은 모두 다 훌륭했다. 그중에서 한 선배는 나를 계속 지도했다. 승진 때가 되니 나를 불러,

"자네에게 장학사 선발 시험에 합격하여 승진할 수 있는 길을 열어 주겠네."

"저 같은 둔재가 어찌 가능하겠습니까?"

"자네 정도의 열의면 충분하고도 남네."

그 후로 5년을 공부해 장학사 선발 시험에 합격했다.

그 덕에 교장으로 승진하여 보람된 교직생활을 하고 은퇴했다.

죽어도 못 가는 극락을 살아서 왔다는 말이 그때는 이해되지 않았으나 수십 년이 흐른 후에는 내 눈앞에 전개되었으니…, 광주 극락초등학교에 배정받지 못했다면 인연의 끈이 이어지지 않아 도저히 불가능했을 일이었는데 가능성을 인정해 주는 실력자들을 만나서….

첫 만남의 교장은 인연이 부족해 삼 년째, 무더운 여름 8월 초에 극락으로 먼저 가셨고, 나의 승진의 길을 열어 준 그 선배도 몇 년 전에 젊은 나이에 극락으로 먼저 갔다. 그는 독실한 기독교 신자이었으니 아마 천국에서 영복을 누리고 계실 것이다.

마음의 천수답에 단비를

출근 시간에 빠른 길을 선택하여 영암을 가려면 송정리 극락천 둑길을 통해 곡예 운전을 해야 한다. 묵주기도를 드리며, 아내와 함께 음악을 듣기도 하고, 마음에 묶인 과거의 이야기를 나누며 신나게 달리다 보면 벌써 월출산은 우리를 반긴다.

요즈음은 한국전쟁 때의 피해 사실을 증언자에게 듣고 녹음하고, 녹취하여 '구술사' 책자를 제작하는 일을 하고 있다. 올해 아흔이 된, H 선배님이 한국전쟁 당시 W 단체장 삼촌 두 분이 빨치산에 가입하여 활동했을 것으로 간주하여 억울하게 희생된 그날 비참함을 생생하게 실토했다.

삼호읍 망산 마을로 가는 길목에 묵동마을 위의 저수지에 물이 반쯤 찬 반가운 모습을 보게 되었다. 몇 주 전에는 저수지 수로를 수리하다가 저수지 물이 바닥이 나서 묵동마을 앞 논바닥은 천수답天水畓이 되어 손가락이 들어갈 만큼 금이 가 있었다. 벼들이 말라 죽으니 마을에서 기우제를 올렸다고 한다. 전남은 영산강 물을 끌어와 농수로 쓰기 때문에 지금은 천수답이 없는데 이곳 논바닥은 그렇지 못했다. 오죽하면 기우제까지 올렸겠는가, 그런데, 이제는 단비가 내려 목말라 말라가던 벼들도 겨우 살아나 갈증을 풀고 무럭무럭 자라 풍성한 가을을 부모·형제를 잃고 진실이 규명되기를 학수고대하며 몸져누운 H 할머니에게 안겨 줄 것만 같다.

저녁에 금호동 성당 신부님은 강론으로 부지런한 농부의 이야기를 하셨다. '작물은 주인의 발소리를 듣고 자란다'라고 했다. 최근에 나는 바쁘다고 주말 농장에 자주 가지 않았더니 도랑에 잡초가 내 키를 넘게 자랐다. 미처 따지 못한 고추의 무게로 고추 가지가 부러지고, 비바람에 넘어졌다. 이렇게 풀을 뽑지 않고 정성껏 기르지 않으면 좋은 열매를 맺을 수 없는 것은 당연한 일이다.

"아무리 부지런한 농부여도 좋은 땅을 만들지 않으면 좋은 곡식을 얻을 수가 없을 것입니다. 특히, 벼농사에서는 물 관리를 잘해야 하는 것은 당연합니다. 사막도 처음에는 옥토였으나 물 관리를 잘 못 하다가 그렇게 된 것입니다. 물을 끌어들여 농사를 지어야 하는데, 하늘만 쳐다보면 천수답이 됩니다. 우리 마음의 천수답에 물을 끌어 오듯, 세속에 찌들인 마음을 정화하고 다스리는 기회를 자주 얻어서 마음의 옥토를 만드세요."

오늘처럼 유족들을 만나 억울한 한을 푸는 일을 하다가 마음이 심란하고, 괴로웠었는데 신부님 말씀을 듣고, '내 마음을 달래고 다스리자. 어떠한 시련이 오고 폭풍우가 몰아쳐도, 슬기롭게 이겨내자. 우린 영원히 묻힐 슬픈 과거 역사의 한 페이지를 장식하는 사가史家가 아닌가'라고 다짐했다.

월례회에 참여해 레지오 단원들에게 말했다.

"제 마음에 신부님의 말씀이 큰 위안이 됐습니다."

기러기는 V자로 나르므로 71%의 힘을 절약한다고 한다. 맨 선두의 리더를 따라 목적지에 도달하며, 늘 리더에게 '끼욱 끼욱' 응원을 보낸다니 동료애가 대단한 새다. 100년을 사는 동안 짝이 먼저 죽더라도 다른 짝을 선택하지 않는다고 전해진다. 단원들이 성모님 군단으로서 기러기처럼 변함없이 노력하고, '마음의 천수답'에 좋은 영양분을 채워 가길 바랐다.

에필로그epilogue

　나는 그리운 내 어머님을 참 많이도 닮았습니다. 어릴 때부터 고집스러운 성격, 일을 두고는 잠을 설치며 끝까지 해결하는 끈기, 한 번 믿는 마음 변치 않는 신앙심, 까무잡잡한 피부색, 명주 베 짜는 기능까지,

　자식 4남매도 나와 아내를 많이 닮았습니다. 큰딸의 소질과 지혜, 콜럼버스 같은 프로 골퍼 작은딸, 친화력 강한 안전 진단원 장남, 아이디어 번뜩이는 사업가 막둥이,

　큰딸은 고등학생 때부터 미술에 소질이 남달라 우리를 놀라게 했습니다. 학교에서 만든 미술작품은 작가 수준이었습니다. 지금은 서울 근처의 농협에 근무하며 곧 지점장이 됩니다. 전국 펀드맨 중에서 2년을 제패하는 기염을 토했습니다. 외손녀는 한국화 전공으로 S 여대를 엊그제 졸업하여 졸업전시회에 걸작을 출품했습니다.

　그립고, 감사하고, 고맙고, 희생이 가없는 내 어머님께 살아생전 크게 효도 한 번 못했던 것이 후회스럽습니다. 어찌 감히 고귀한 어머님의 사랑을 무게로 잴 수 있단 말입니까? 이제『측정 불가능

한 무게 가치』수필집을 펴면서 어머님의 깊은 사랑을 조금이나마 알게 된 것을 고백하며 이 수필집을 어머님께 바치렵니다.

그리운 어머님을 기리며 지난 날들을 회상하게 하는 시, 불우했던 가정환경을 탓하지 않고 내 가슴 속 깊은 곳에 품었던 좌표, 희망을 잃지 않게 앞날을 훤히 밝혀 주었던 등댓불 같은 시를 소개합니다.

어머니

어머니,
어머니는 날 낳으셨습니다
푸른 산 흰 강물 위 햇살이 희살 져 가는
하늘이 만드오신 땅 내가 살아갈
이 나라에

어머니,
어머니는 날 사랑하셨습니다
명절이면 새 옷 입혀 날 자랑하시고
석양엔 대문에 서시어 내 이름 부르셨소

어머니,
어머니는 엄위하셨습니다
글공부 게으름 필 땐 종아리를 때리시고
내 눈에 기상이 흐리면 종일 말이 없으셨소.

어머니,
어머니는 아름다우셨습니다
동백꽃 피면은 거울 앞에 앉으시고
앞산에 학이 나르면 춤도 둥실 추셨소.

어머니,
어머니는 외로우셨습니다
달밤이면 문을 열고 잠 못 이루시고
한가위 산에 가시면 국화 옆에서 우셨소.

어머니,
어머니는 슬기로우셨습니다
나라가 어지러울 땐 글 배우라 하시고
마음이 어지러울 땐 별을 보라 하셨소.

어머니,
어머니는 내 마음의 별이외다
메밀꽃 필 무렵에 고요히 가셨으나
마음에 남기오신 빛 어이 사라지오리까?

〈황희영〉

삶이 그대를 속일지라도

삶이 그대를 속일지라도
슬퍼하거나 노여워하지 마라.
슬픔의 날 참고 견디면
기쁨의 날이 오리니
마음은 미래에 살고
현재는 늘 슬픈 것
모든 것은 순간에 지나가고
지나간 것은 다시 그리워지나니.

〈푸시킨〉

인연

어리석은 사람은
인연을 만나도
인연인 줄 알지 못하고,

보통 사람들은
인연인 줄 알아도
그것을 살리지 못하고,

현명한 사람은
옷자락만 스쳐도
인연을 살릴 줄 안다.

살아가는 동안
인연은 매일 일어난다.
그것을 느낄 수 있는 육감을
지녀야 한다.

〈피천득〉

측정 불가능한 무게 가치

2023년 2월 15일 제 1판 인쇄 발행

지 은 이 ㅣ 신중재
휴대전화 ㅣ 010-8415-2627
주   소 ㅣ 광주광역시 서구 화정로39번길 8-18

펴 낸 이 ㅣ 박종래
펴 낸 곳 ㅣ 도서출판 명성서림
등록번호 ㅣ 301-2014-013
주   소 ㅣ 04552 서울시 중구 삼일대로8길 17 3~4층(충무로 2가)
대표전화 ㅣ 02)2277-2800
팩   스 ㅣ 02)2277-8945
이 메 일 ㅣ ms8944@chol.com

값 15,000원
ISBN 979-11-92945-08-8